Mörder haben gute Gründe

AF284600

Alle Figuren und Handlungen sind frei erfunden. Eine Ausnahme ist die Geschichte über den Massenmörder Peter Kürten, nach dessen Vernehmungsprotokollen sie entstand – Autor Peter Pöttgen

Anne Poettgen

Mörder haben gute Gründe

13 Kriminalgeschichten

Bibliografische Information der Deutschen Nationalbibliothek:
Die Deutsche Nationalbibliothek verzeichnet diese Publikation in der Deutschen Nationalbibliografie; detaillierte bibliografische Daten sind im Internet über http://dnb.dnb.de abrufbar.

Herstellung und Verlag: BoD – Books on Demand, Norderstedt

ISBN: 978-3-**7528-5246-2**

Inhalt

Die Autorin

ist sage und schreibe 82 Jahre alt, lebt in einer Seniorenresidenz und schreibt, um sich nicht langweilen zu müssen. Spaß beiseite, sie schreibt seit den sechziger Jahren, zuletzt für ein Online-Journal.

Ein tragischer Unfall

Die Party ist in vollem Gang. Die Vorhänge vor den hohen Altbaufenstern sind zugezogen, Zuschauer unerwünscht. Die ersten Juchzer sind zu hören, das erste Glas ist hin; bald wird Mensching, der Griesgram, von Beruf Hauswart, klingeln und um Ruhe bitten. Der bringt sich gern in Erinnerung.

Baumer zieht sich in die Küche zurück und überblickt seine Vorräte: alles noch reichlich vorhanden. Der Champagner, das Selters, die Tütchen. Ab und zu spendiert er mal eine Linie. Besonders die Mädchen fahren darauf ab. Die Jungs machen mit. Baumer selbst: nie.

Baumer ist gerne Gastgeber für sein munteres Völkchen, alle in seinem Alter, niemand über dreißig. Er bildet sich ein, dass er besser aussieht als die Jungs, blond, blaue Augen, 1.80, fast.

Seine Kunden haben ihre Päckchen schon eingesteckt, für sie ist die Party zu Ende, sie werden gleich gehen. Sie haben noch Laufarbeit zu leisten bei der Verteilung. Sie sehen ebenso flott aus wie die anderen Gäste, vielleicht ein bisschen zu viel Schmuck. Baumer ist zufrieden mit dem Abend. Die Partys sind ein guter Deckmantel für seinen Handel.

Was ihm Sorgen bereitet, ist der Termin morgen Vormittag beim Chef. Bei Doktor Kramer, dem Leiter der Investmentabteilung der Großbank. Baumer ist ein kleines Licht in der Abteilung, aber das macht ihm nichts mehr aus, seit er seine Partys feiert.

Zehn Uhr. Baumer ist gebeten worden, Platz zu nehmen vor dem imponierenden Schreibtisch seines Chefs.

„Herr Baumer, uns ist zu Ohren gekommen, dass sie öfter mal feuchtfröhliche Partys feiern. Dass Sie auch sonst einen aufwändigen Lebensstil haben. Ihr Porsche. Da liegt für uns natürlich der Gedanke nahe, dass Sie Eigengeschäfte abwickeln. Was sagen Sie dazu?"

„Da hat wohl Kollege Manz mal wieder seine

Fantasie spielen lassen. Sie können gern Einblick in meine Konten nehmen, da werden Sie nichts finden, was auf eigene Geschäfte hinweisen könnte. Der Porsche ist ein Gebrauchtwagen, günstig gewesen. Und sonst? Ich habe gern nette Leute um mich."

„Schön, lieber Baumer, dass Sie uns selbst die Erlaubnis erteilen, Ihre Konten einzusehen; wir werden Gebrauch davon machen."

Baumer ist ein Stein vom Herzen gefallen. Sie werden nichts finden. Weil sie an der falschen Stelle suchen. Investmentgeschäfte sind ihm zu riskant. Seine „Eigengeschäfte" sind sicher und werden bar abgewickelt. Wie das Bargeld den Weg zu seinem Konto im Ausland findet, das zu regeln, war für ihn als Bankangestellten keine große Sache gewesen.

Trotzdem sitzt er in Gedanken versunken an seinem Arbeitsplatz. Was wird passieren? Sie werden nicht nur die Konten überprüfen, sie werden auch einen Detektiv auf ihn ansetzen. Das ist

Usus in der Branche. Die haben Spezialisten an der Hand. Und wenn die bei Mensching auftauchen …

Mit Mensching hat er ein Gentlemen-Agreement. Baumer kichert, Gentlemen: ein Kokshändler und ein Erpresser. Er zahlt Mensching monatlich ein Zubrot zur Rente, damit der für sich behält, was bei Baumer an Paketen hereinkommt und an Päckchen hinausgeht. Dabei weiß der nicht einmal was Genaues, aber Vermutungen würden genügen. Der Polizei und jetzt auch den Detektiven, die mit Sicherheit auftauchen werden. Wenn die den Mensching in die Mangel nehmen …

„Kannst du mir mal deine Kaffeemühle ausleihen? Meine ist schon wieder kaputt." Baumer steht in der mickrigen Behausung Menschings.

„Na klar, aber mach meine nicht auch noch kaputt. Die neueste ist sie nicht mehr. Ich brauche einen edlen Spender, der mir eine neue kauft." Mensching lacht, er glaubt von sich, dass er Humor hätte. „Und bring sie mir vor dem Frühstück zurück."

Wenn der wüsste, denkt Baumer.

Später am Abend fährt Baumer im klappernden alten Fahrstuhl hinunter in die Kellerräume. Ein bisschen versteht er von elektrischen Einrichtungen. Am nächsten Morgen ganz früh bringt er Mensching die Kaffeemühle zurück.

Am späten Nachmittag hält ihn Frau Spärlich von der Dritten am Fahrstuhl fest:

„Ist das nicht furchtbar?"

„Was denn, Frau Spärlich? Ist was passiert?"

„Was passiert? Ja, wissen Sie denn nicht? Der alte Mensching liegt im Krankenhaus. Im Koma."

„Nein. Ich weiß von nichts. Wie konnte das passieren? Wer hat ihn gefunden?"

„Ich!"

„Aber wie denn, wo denn?"

„In seiner Wohnung, in seiner Küche. Vor seiner Tür roch es so brenzlig, da habe ich bei seiner

Nachbarin geklingelt, die hat den Schlüssel, die hat die Wohnung aufgeschlossen, die hat ihn gefunden. Aber ich hab's gerochen."

Mit tiefer Befriedigung liest Baumer in der Tageszeitung:

Schon wieder ein Unglücksfall wegen maroder elektrischer Anlagen in den alten Häusern an der Oberstraße. Der Rentner Aloysius M. brach zusammen, als er sich am Morgen seinen Kaffee zubereiten wollte. Sein Herz war schwach, einen Tag später ist er gestorben. Nach derzeitigen Erkenntnissen ein tragisches Unfallgeschehen, so die Polizei.

Eine Frau zu viel

Er saß hinter seinem Schreibtisch und grübelte. Sein Blick streifte über die Wand gegenüber: ein großes Bild von zweifelhafter Qualität, Geschenk eines wichtigen Patienten. Davor der Besucherstuhl, leer. Auf dem Schreibtisch links der Computer, rechts die ersten Patientenakten. Die Sprechstunde in einer Viertelstunde, Zeit also zum Nachdenken.

Mortimer lehnte sich in seinem Stuhl zurück, der Blick aus blassblauen Augen wurde präziser, fiel auf das Bild seiner Frau, das auch auf dem Schreibtisch stand. Unwillkürlich wandert seine linke Hand zum Mund, der Zeigefinger – nein, halt, das war einmal. Nägelbeißen ist TABU. Du hast doch genug Stunden bei Sibylle, deiner liebsten Psychologin, verbracht, du hast das nicht mehr nötig. Ja, gut, in Ordnung. Dein Spruch, lieber Mortimer: Alles ist gut.

Lilly hatte ihn erwischt. Bei etwas weit Schlimmeren als Nägelbeißen. Mist verdammter.

Er hatte sein Leben so gut eingerichtet. Lilly als züchtige Hausfrau, Melanie als, ja, als was eigentlich? Als Trost, dass er eine züchtige Hausfrau zu Hause hatte. Na, ein bisschen mehr schon. Wie haben Zweitfrauen auszusehen, fragte sich Mortimer oft. So wie Melanie. Schlank, blond, langhaarig und langbeinig. Dabei waren sie selten teurer als der heimische Haushalt. Hin und wieder fehlte ihm bei ihnen die Intelligenz, die Lilly mit in die Ehe gebracht hatte. Und die sie auch nach ihrer Heirat noch pflegte. Leider auch an ihm, Mortimer, abarbeitete. Früher, ja, da hatte ihm das Spaß gemacht, die vielen Wortgefechte. Da drehten sie sich auch noch um Höherwertiges, nicht um Melanie oder andere.

Mortimer musste eine Entscheidung treffen: Lilly oder Melanie. Was würde teurer werden? Der Abschiedshändedruck für Melanie wäre finanziell das kleinere Übel, gefühlsmäßig hingegen? Das galt es noch zu prüfen.

Nicht dass er Lilly nicht mehr mochte, sie tat ihm

im Augenblick sogar herzlich leid, sie hatte eine Operation vor sich. Eine Scheidung war dadurch zurzeit überhaupt nicht möglich. Konnte er sie hinhalten? Wollte er überhaupt die Scheidung?

Mortimer saß also hinter seinem Schreibtisch und grübelte.

Würde er sogar eine radikale Lösung akzeptieren können? Vor sich verantworten? „Liebe deinen Nächsten wie dich selbst", das erfordert eine sorgfältige Abwägung. Hatte ihm Sibylle nicht immer wieder eingebläut, er müsse mehr an sich selbst denken, sich selbst wichtiger nehmen. Nun konnte er, zumindest sich selbst, beweisen, dass er dazu in der Lage ist. Der Gedanke verursachte einen tiefen Seufzer.

Aber wie? Wie sollte er eine radikale Lösung finden, ohne sich selbst zu gefährden? Das bedurfte einiger Überlegung. Nicht in der Wohnung, nicht in seiner Praxis. Unfall? Da geriet er doch auch sofort in Verdacht. Er war viel zu nah dran. Schon standen ihm Schweißtropfen auf der allzu hohen Stirn, benetzten sogar die kurzen Härchen am Rande.

Vielleicht eine Infektion? Lilly war anfällig für alles Mögliche. Melanie dagegen kerngesund. Wieso kam er auf Melanie? Das wäre natürlich die radikalste Lösung. Die bedeutete: Freiheit. Frei sein, keine Fesseln, keine Einschränkungen, keine Vorschriften, endlich er selbst sein. Man würde ihn bedauern, die Familie wegen Lilly, die Freunde wegen Lilly und Melanie, welche Tragödie. Mortimer hatte eine starke Einbildungskraft, ihm kamen die Tränen.

Acht Uhr. Der erste Patient. Und noch einer, noch einer, schlimme Fälle, leichte Fälle. Niemand todkrank, das waren Fälle, die er nur schwer ertragen konnte.

Mittagszeit: Nach Hause konnte er nicht, also in die nächstgelegene Kneipe. Als er auf die Straße trat, fühlte er sich wohl wie selten. Wieso eigentlich? Der Aufstand vom letzten Abend war vergessen, die trüben Gedanken auch, der Praxisbetrieb war erstklassig gelaufen. War er nicht ein toller Kerl? Über die belebte Straße zu laufen war ihm zu riskant, so schnell war er nicht mehr, also bis zur nächsten Ampel und dann rüber. Den Kittel hatte er anbehalten, aber offen, das sah flotter aus.

Im Lokal wurde der Herr Doktor freundlich begrüßt. Er war beliebt, beantwortete die Fragen nach Krankheiten gern und ausführlich. Zum Essen wurde ihm auch gleich eine serviert: Wie konnte es sein, dass so viele Menschen im Krankenhaus von resistenten Keimen befallen wurden. Die ältere Kellnerin, Johanna, war davon betroffen gewesen. Auf der Intensivstation im Marienkrankenhaus.

Als wenn das nicht schon schlimm genug wäre, so krank zu sein, dass man auf intensiv zu liegen kam.

Dr. Müller hatte gleich eine Bezeichnung parat: MRSA. Daran litt man nicht nur, man starb auch daran, wenn man schon krank genug war.

Ja, ja, die Immunschwäche.

Auch Nichtärzte beherrschten heutzutage die Fachsprache.

„Nun lasst den Herrn Doktor doch erst mal seine Bratwurst essen", sagte der Wirt energisch und die beiden Kellnerinnen zogen sich zurück. Der Herr Doktor aß seine Bratwurst, trank sein Pils, zahlte und entschwand. Um eine Idee reicher.

Eine teuflische Idee, fand Mortimer, als er wieder in seinem Sessel saß. Dass da noch niemand draufgekommen war. Man brauchte doch nur den missliebigen Menschen mit diesem goldenen Keim zu infizieren und schon tat die Natur ihr Werk. Mal schnell nachsehen, wie der Keim genau hieß: Staphylococcus aureus. Hatte er doch recht in Erinnerung gehabt, golden.

Es bedarf natürlich einiger Vorbereitungen. Aber wozu hat man Freunde. Hatte er nicht das kleine Labor, konnte er nicht Heinz Holter um ein paar Abstriche bei den Tieren auf seinem Bauernhof bitten? Alles legal und sogar harmlos. Mortimer schluckte.

Heute Abend konnte er nach Hause gehen. Zwischen dem einen und anderen Patienten hatte er Zeit gehabt, einen Plan zu entwickeln. Es galt erst einmal Zeit zu gewinnen. Er war bereit, Lilly um Verzeihung zu bitten, Melanie abzuschwören und sonst was als Strafe auf sich zu nehmen. Jedenfalls bis zu dem Tag, an dem Lilly ins Krankenhaus ging.

„Hallo Lilly, da bin ich wieder."
Mortimer schwenkte den obligatorischen Blumenstrauß, dass Champagner im Kühlschrank lag, das wusste er. Und es klappte.

„Hast du mir etwas zu sagen, Mortimer", fragte Lilly programmgemäß.

„Ja, habe ich, liebe Lilly, ich hatte ja heute den ganzen Tag Zeit, über alles nachzudenken", sagte Mortimer wahrheitsgemäß.

Lilly strich ihre langen dunklen Haare zurück, nahm ihre Brille ab und sah Mortimer mit großen braunen Augen an, so etwas konnte sie:

„Du bist und bleibst eine miese Ratte. Wenn du dieses Mal nicht ehrlich bist, lasse ich mich scheiden und dann zahlst du. Auch wenn wir keine Kinder zu versorgen haben, ich habe dir dein Studium bezahlt und ich habe es schriftlich, dass du dich verpflichtet hast ...".

„Gut, gut, Lilly, um Gottes willen, red nicht von Scheidung, das ertrag ich nicht", mit seinem allerehrlichsten Augenaufschlag bat er um Verzeihung und versprach, mit „dieser" Frau Schluss zu machen.

Notfalls würde er das für eine gewisse Zeit tun. Er musste aus einer Idee einen Plan formen, dazu würde er Zeit brauchen. Der weitere Abend verlief, wie er im Drehbuch zahlreicher Fernsehfilme stand. Was nichts Negatives heißen soll.

Doktor Mortimer Müller lag in seinem Bett und war mit sich und der Welt zufrieden. In seinem Schlafzimmer herrschte Frieden. Erst morgen müsste er mit Melanie sprechen und erst morgen würde er weiter über seine Pläne nachdenken.

Wochen später schrieben die seriösen Zeitungen der Stadt:

Der verdiente Kardiologe Dr. Mortimer Müller wurde zu Grabe getragen. Welch tragischer Fall: Beim Überqueren der Straße vor seiner Praxis wurde er von einer Straßenbahn erfasst, einen Tag später erlag er seinen schweren Verletzungen. Der Leichnam seiner Gattin, Lilly Martensen-Müller, lag immer noch in der Gerichtsmedizin. Er würde erst Tage später in demselben Grab zur ewigen Ruhe gebettet werden.

Welch tragische Situation, da waren sich alle seriösen Blätter einig.

Andere Blätter gaben mehr her:

Die Geliebte des Dr. Müller, Melanie X ist in Untersuchungshaft genommen worden. Ihr wird vorgeworfen, die Ehefrau ihres Geliebten während einer Behandlung im Marienkrankenhaus getötet zu haben. Auf welche Weise die Ehefrau zu Tode gekommen war, wurde von der Polizei nicht bekanntgegeben.

Die Ehefrau des Dr. Müller, Lilly Martensen-Müller, 39, war nach einer unkomplizierten Operation auf der Intensiv-Station des Marienkrankenhauses gestorben. Medizinkritiker wagten die Behauptung, dass wieder ein Todesfall nach Infektion mit MRSA zu beklagen sei. Der dritte in diesem Jahr in der Stadt.

Die angebliche Geliebte des Dr. Müller gab an, dass sie überhaupt nicht gewusst habe, dass die Ehefrau des Herrn Dr. Müller zur Behandlung im Marienkrankenhaus gewesen sei. Außerdem habe sie keinen Zugang zur Intensivstation der Klinik gehabt.

Auf Anfrage: Die Klinikleitung bestätigt, dass Frau Melanie X keinen Zugang zur Intensivstation gehabt hat.

Auch nur auf Anfrage: Die Bestätigung der Klinikleitung hatte zur Folge, dass Frau Melanie X. noch am Tag ihrer Festnahme mit vielen Entschuldigungen wieder entlassen worden war.

Kaffeekränzchen

Pünktlich um drei saßen sie wieder auf den bequemen Sesseln mit dem üppigen Rosenmuster und nickten sich freundlich zu.

„Geht es dir gut, Johanna?"

„Ja, doch, heute geht es mir gut."

„Und du, Margret?"

„Bestens, wie immer."

„Und fragt mich mal."

„Na?"

"Super gut! Mir ist eingefallen, wie wir uns ein bisschen Abwechslung verschaffen können."

„Und?", fragte Johanna.

„Tod der Langeweile, Schluss mit unserem biederen Dasein, wir werden mal was Neues versuchen", sagte Irmtraud.

Niemand sagte nein oder oh je oder fragte: was denn?

Wenn Irmtraud etwas vorschlug, dann hatte es gewöhnlich Hand und Fuß.

„Wo ist eigentlich Susanne?", fragte Margret.

„Fehlt entschuldigt", sagte Irmtraud.

Es schien, als wäre Irmtraud die Anführerin dieser Girlgroup. Teure Kleidung, teurer Schmuck, teure Friseur. Nicht diese uniformen Locken vom Hausfriseur. Bob mit Strähnchen auf blondem Grund. Gefärbt? Dafür nahm sie eine Fahrt in die Stadt in Kauf. Wöchentlich.

Johanna, ein paar Jährchen älter, legte nicht mehr so viel Wert auf Äußerlichkeiten. Dafür war sie die mit der „soliden Halbbildung", eigene Angabe. Was Untertreibung war, denn sie war Bibliothekarin gewesen und weit gereist. In einem früheren, weit zurückliegenden Leben. Auf ihre Haare war sie und konnte sie stolz sein. Weiß, üppig, gut geschnitten.

Margret lag altersmäßig dazwischen, ebenso frisurmäßig, geföhnt aber fieses Grau. Ihre Kleidung war eher sportlich-elegant.

Zu erwähnen wäre noch, dass Irmtraud, ihrem spießigen Namen zum Trotz, Schauspielerin gewesen war. Nicht bis zur Rente, nein, sie hatte irgendwann den Absprung in ein Leben als Gattin geschafft.

„Ihr kennt doch alle den Film ‚Arsen und Spitzenhäubchen‘, oder?“, ergänzte Irmtraud ihre Ansage.

„Jaaa …“, antwortete Johanna, ganz vorsichtig. Margret nickte.

„Na und, wäre das nichts für uns?“, Irmtraud.

„Mooord?“, Johanna.

„Und dann freuen wir uns auf ein paar Jährchen Knast, bis zum bitteren Ende.“ Woher hatte Margret den Ausdruck „Knast“?

„Aber wir werden uns doch nicht erwischen lassen. Wir planen, führen durch und geben uns gegenseitig ein Alibi“, Irmtraud.

Hatte sie zu viel Fernsehkrimis gesehen oder vielleicht heimlich bei einem mitgespielt?

„Und was hätten wir davon?“, fragte Johanna.

„Jedenfalls etwas weniger Langeweile. Wir können ja erst einmal mit Kleinigkeiten anfangen“, Irmtraud.

„Und was ist das, ein kleiner Mord? So was wie ein bisschen schwanger?", Johanna, skeptisch wie immer, bemüht witzig.

„Mordversuch."

„Das muss dann aber hinterrücks passieren, sonst verrät uns das Opfer und alles ist aus", Margret, die gern praktisch dachte.

„Am besten Gift, das sieht dann vielleicht aus wie Norovirus", Johanna wurde kühner.

„Wir müssen eben gründlich nachdenken. Vielleicht könnten wir ja auch mit einem kleinen Diebstahl anfangen," Irmtraud.

Sie hatte wohl nicht darüber nachgedacht, wie man Leichen verschwinden lassen kann. Große Truhen hatte keine von ihnen mit in ihr Altersdomizil gebracht. Allerdings, bei Noroviruserkrankung wurde die Leiche ganz legal entsorgt. Was für ein hässlicher Gedanke von einer so reizenden Dame.

„Geld? Sachen? Autos geht nicht", kicherte Margret.

„Vielleicht ein paar von den Rosenstöcken aus dem Garten", schlug Johanna vor, wieder bescheidener.

„Nein, wir müssen groß denken, sonst macht es keinen Spaß. Das Wichtigste ist doch das Planen."

Ja, das war richtig, fanden auch Johanna und Margret.

„Also bis morgen um drei, jede mit einem Plan, auch Susanne wird da sein, die weihe ich gleich ein", Irmtraud nahm das Heft in die Hand.

Tag zwei auf den rosengeblümten Sesseln. Nun mit Irmtraud, Johanna, Margret und Susanne. Heute keine Befindlichkeitsabfrage. Unnötig, alle waren von neuen Ideen belebt.

„Meine Damen, ich hoffe, ihr habt alle nachgedacht, womit wir beginnen könnten", begann Irmtraud. Heute mit einer brennend roten Jacke bekleidet. Ein Signal.

„Fang du an, Johanna."

„Was soll ich sagen, ich habe natürlich nachge-

dacht, den Giftmord möchte ich erst mal zurück-
stellen, ich möchte mit etwas Harmloseren anfangen."

„Doch nicht mit dem Rosenklauen?", lästerte
Susanne, offensichtlich von Irmtraud informiert.
Sie war die Jüngste in der Runde, früher mal Be-
amtin, immer schon alleinlebend. Immer noch
Blazerträgerin. Ungefärbt blond, fade, entspre-
chend fade ihre Frisur. Vom Hausfriseur.

Johanna blickte etwas schräg auf Susanne, die
Liebe zueinander hielt sich in Grenzen.

„Ich hatte schon an etwas Größeres als Rosen
gedacht, vielleicht einen der großen Pflanztöpfe
aus der Halle."

„Und wo willst du den hinstellen, so groß ist deine Wohnung doch gar nicht", schon wieder
Susanne. Sie wusste, wie man jemand kränken
kann.

Johanna bewohnte ein Ein-Zimmer-Appartement,
allerdings von der größeren Sorte. Susanne hingegen thronte auf der siebten Etage in drei Zim-

mern. So etwas war nicht zu toppen. Nicht mal Irmtraud konnte da gleichziehen. Zwar auch drei Zimmer, aber im Anbau mit Blick auf die Straße. Niemand, niemand wollte an der Straße wohnen. Der Autoverkehr. Wie es dazu kommen konnte, dass Irmtraud die Wohnung genommen hatte? Witwe, Oberschenkelhalsbruch. Da war Eile geboten. Nun ja, immerhin drei Zimmer.

Woher Susanne das Geld für ihre hohe Miete hatte, war allen ein gern diskutiertes Rätsel. Man verstieg sich sogar zu der Vermutung: Lotto. Susanne war schweigsam, und geizig, daher auch der Hausfriseur.

„Schluss jetzt, mach du weiter, Margret", Irmtraud.

Margret war das gar nicht recht, die Stimmung war überhaupt nicht positiv. Da konnte sie nicht so frei reden, wie sie wollte.

„Margret, bitte!"

„Ich hatte an etwas im Zusammenhang mit der Bank und mit Geld gedacht", kam es sehr zögerlich und forderte natürlich gleich Widerspruch heraus.

„Ist etwas vage, liebe Margret", urteilte Irmtraud und alle nickten. Margret bewohnte übrigens zwei Zimmer, lag also wie bei vielem anderen in der Mitte.

„Wir wollten uns doch die Zeit damit vertreiben, dass wir über alles nachdenken, da muss ich ja wohl nicht am zweiten Tag mit einem voll ausgearbeiteten Plan zur Stelle sein", reden konnte Margret ja. Kein Wunder, wenn man als Geschäftsfrau seine Waren an den Mann bringen musste, murmelte Susanne.

„Ja gut, jetzt du, liebe Susanne", forderte Irmtraud die dritte im Bunde auf. Susanne fuhr sich mit beiden Händen durch ihren blonden Haarschopf, so sah sie es selbst, holte tief Luft und begann recht großartig:

„Ich denke an Sachbeschädigung."

„Aller Anfang ist schwer", lästerte jetzt Johanna.

„Ich werde ein Kuchenpaket mit mindestens

sechs Stücken mitten in der Halle fallen lassen. Das gibt einen Aufstand."

„Hoffentlich hast du eine gute Haftpflichtversicherung", meinte Margret, die den verhunzten Teppichboden vor sich sah. Alle fragten sich, wieso die geizige Susanne sechs Stücke Kuchen zu Brei machen wollte und alle dachten: Quatsch. Erst einmal Ruhe und Johanna fragte:

„Und du, liebe Irmtraud? Was dürfen wir von dir erwarten?"

„Ich nehme deine Idee auf, liebe Johanna: Mord." Ein starkes Wort. Eine starke Tat. Ein starkes Stück eigentlich, so etwas vorzuschlagen, sie sollten doch sicher alle mitwirken, zumindest als Alibi zur Verfügung stehen.

„Na ja, noch nicht gleich morgen. Wir müssen doch erst ein Opfer aussuchen. Jede hat einen Vorschlag."

Stille.

Weiterhin Stille.

Margret raffte sich auf: „Nein, das kann ich nicht.

Das tu ist nicht!"

Irmtraud: „Du sollst es ja auch nicht tun. Ich mache es."

Johanna: „Aber wir sollen jemanden zum Tode verurteilen."

Susanne: „Nun nicht gleich so dramatisch, es kann ja auch ein gutes Werk sein."

Das war bedenkenswert. Wie viele sprachen am Mittagstisch von Sterbehilfe. Erwünschter Sterbehilfe. Wenn man sich da einmal umhörte …

„Nein, nein, das geht nicht, ich kann nicht."

„Aber man erwischt uns doch nicht, wenn wir es richtig machen."

„Aber ich weiß es. Ich mache nicht mit. Punkt. Schluss." Margret stand auf und sah aus, als wollte sie flüchten. Blieb aber dann doch stehen.

Irmtraud versuchte, sie zum Bleiben zu bewegen:

„Setz dich doch wieder hin, trink erst mal deinen Kaffee aus. Wir müssen ja auch nicht unbedingt mit dem, hm, hm, Schwersten anfangen."

Streit war das letzte was Margret wollte, sie setzte

sich wieder hin und trank tatsächlich den Kaffee aus, kalt geworden, sie merkte es nicht mal.

Aber die Luft war raus, es kam keine weitere Diskussion in Gang.

„Also morgen um drei wieder und einen schönen Tag noch", endete Irmtraud gänzlich ironiefrei.

Am Tag drei kamen die vier Damen recht zögerlich zu ihrer Sesselrunde.

Susanne starrte Johanna an:

„Und was machst du nun mit den Rosensträuchern?"

Fragende Blicke aus der Runde. Johanna wirkte verdutzt: „Wie meinst du das, die Idee habe ich doch fallen lassen."

„Die Idee vielleicht, aber die Rosensträucher sind weg."

Stille.

„Was sagst du da, Susanne, welche Rosensträucher?"

„Das können wir gleich gemeinsam besichtigen. Das fällt ja nicht auf, wenn ältere Damen Rosensträucher betrachten. In dem Fall allerdings fehlende, also Löcher."

Ziemlich triumphierend blickte Susanne in die Runde.

Aber die zweite Runde Kaffee kam, ein Stück Kuchen dazu.

„Guten Appetit", triumphierte Susanne weiter.

„Ich war's nicht", sagte Johanna. Kaffeedurst hatte sie plötzlich keinen mehr. Es drängte sie, hinaus zu gehen und zu inspizieren. Gedacht, getan, sie sprang auf und lief vor die Tür. Die anderen blieben sitzen, es wäre zu auffallend gewesen, wenn sie alle vier hinausgestürmt wären.

„Sie sind weg, drei oder vier, mindestens", Johanna war wieder da, atemlos, wovon war nicht ganz klar. „Aber ich habe sie nicht."

Mit so etwas hatte man natürlich nicht gerechnet, dass man ihnen ihre Ideen klauen würde. Oder hatte Johanna die Nerven, sie anzulügen? Aber warum, sie hatten doch gemeinsam etwas „unternehmen" wollen. Da konnte sie doch eigentlich stolz sein, dass es geklappt hatte. Diese Gedanken wurden wohl in drei Hirnen gewälzt. Nur in Johannas Gehirn war es ganz leer. Was nun?

Nach einer längeren Pause ergriff endlich Irmtraud das Wort:

„Wie auch immer, spannend war das jetzt schon und darum ging es uns ja."

„Gut, also morgen um drei, falls ihr alle könnt."

Am Tag vier wussten alle schon Bescheid. Frau Fischer von der Rezeption war niedergeschlagen und beraubt worden. Erkannt hatte sie niemanden. Weg war die kleine Kasse, in der die Gelder für Veranstaltungen im Haus geschlummert hatten.

Als Frau Guntermann zur Rezeption gekommen war, fand sie niemanden vor, was ungewöhnlich war. Guckte dann, warum wusste sie nicht zu sagen, über den Tresen, wie sie es nannte, und sah – Frau Fischer, am Boden liegend, leise stöhnend. Der Leiter des Hauses wurde herbeigerufen, rief seinerseits aber weder den Notarzt noch gar die Polizei, sondern nahm Frau Fischer mit in sein Büro.

Die Gerüchte waren allerdings nicht mehr einzufangen.

Die bequemen Sessel mit dem rosengeschmückten Bezug aus teurem Brokat blieben leer. Man stand lieber.

„Margret!!"

„Jaaaa."

„Es war deine Idee."

„Ja, das ja, aber …"

„Gut, morgen dann."

Niemand hatte am Tag fünf Lust auf die blumenbedruckten Brokatsessel in der weitläufigen Halle.

Auf der Anfahrt vor der Eingangstür standen Polizeiautos mit blinkenden Lichtern und offenen Türen.

Wo – war - Irmtraud?

Unter uns gesagt

„Sag mal, Johanna, hast du auch manchmal das Gefühl, dass du beobachtet wirst?", fragt Margret und sieht sich um.

„Beobachtet? Von wem denn?"

„Ja, wenn ich das wüsste, ich habe oft das Gefühl, dass ich nicht allein bin", Margret.

„Wie, nicht allein? In deiner Wohnung? Das kann doch nicht sein, so groß sind unsere Wohnungen doch nicht." Johanna sieht deutlich verwirrt aus.

„Nicht nur, auch vor dem Aufzug. Ich dreh' mich vorsichtig um, aber nichts zu sehen. Trotzdem so ein blödes Gefühl." Margret.

Johanna betrachtet Margret, eine Nachbarin, mit der sie sehr vertraut ist, skeptisch:

„Ich wohne doch auf dem gleichen Flur wie du, ich bemerke nichts davon." Auch bei näherer Betrachtung findet sie, dass Margret ganz wie immer aussieht. Nicht verwirrt oder sonstwie anders.

„Du denkst wohl, ich spinne", fragt Margret jetzt

ängstlich. Bereut wohl schon, dass sie davon angefangen hat.

„Nein, nein, was denkst du denn, irgendwas muss dich ja stören. Lass uns doch gleich gemeinsam rauffahren, dann kann ich darauf achten, ob mir was auffällt."

Das findet Margret nett von Johanna und so gehen sie schweigend den Gang entlang vom Speiseraum zu den Aufzügen. Sie sprechen nicht mehr miteinander, damit sie aufmerksamer auf ihre Umgebung achten können. Nichts.

Im Aufzug dann:

„Und, Johanna, spürst du es auch?"

„Was denn?"

„Als wäre außer uns beiden noch eine dritte Person hier drin, natürlich unsichtbar."

Johanna spürt nichts. Wie unsensibel. Vielleicht liegt es an ihr, dabei ist doch eigentlich Margret die Handfeste, die Praktische. Im Aufzug ist nichts Ungewöhnliches, das einzig Technische ist die Lüftung. Und natürlich die Bedienungsknöpfe. Und das Mikrofon, verbunden mit einem Lautsprecher, falls mal was passiert im Aufzug.

Sie steigen auf der dritten Etage aus und gehen gemeinsam den Flur entlang.

„Ich bringe dich noch zu deiner Tür, Margret", sagt Johanna und sie gehen zusammen bis zum Ende des Flurs. Margrets Wohnung ist die letzte. Das Haus hat eine gestaffelte Fassade, so dass auch Wohnungen und Flure gestaffelt sind. Hinter jeder Ecke könnte jemand stehen, nicht nur theoretisch, sondern auch praktisch. Man könnte ihn oder sie erst im letzten Moment sehen. Arme Margret. Diese Lage am Ende scheint sie einzuschüchtern. Margret schließt auf:

„Tschüss Johanna, und danke."

Nachmittags um drei das wöchentliche Kaffeestündchen. Reihum in den Wohnungen, das Zusammensein in der Halle ist doch etwas zu öffentlich. Hat jemand etwas Neues? Erst einmal nicht, also small talk.

Dann rafft sich Margret zu einem Geständnis

auch den andern gegenüber auf: „Ich hab es heute Mittag schon Johanna erzählt: Ich fühle mich beobachtet."

Wie aus einem Mund: „Von wem?"

Johanna übernimmt die Antwort:„Sie kann nichts Konkretes sagen, es ist so ein Gefühl. Ihr kennt das doch auch: Man steht irgendwo, dreht sich um ohne einen Grund und stellt fest, da starrt einen einer an."

Ja, das kennen alle, können es sich nicht erklären und hatten auch noch nie eine Erklärung dafür gehört oder gelesen.

„Und außerdem lauert ja überall die NSA", Susanne will es spaßig sehen.

„Das betrifft aber doch nur die mit den Geräten", meint Johanna ernsthaft und geht auf diese Variante ein. Mit den Geräten meint sie wohl die PCs und Smartphones. „Soviel ich weiß, lehnt ihr dieses Teufelszeug doch ab."

Sie guckt forschend in die Runde, blickt in betretene Gesichter. Anscheinend hat das Teufelszeug doch Einzug gehalten.

„Es muss ja nicht nur die NSA sein, es gibt Hacker genug, die sich für Informationen interessieren", meint nun Irmtraud, die den Besitz eines Laptops längst zugegeben hat. Und weiter:

„In den letzten Tagen habe ich des Öfteren erlebt, dass mein Internet Explorer einfach aussetzte, ohne dass ich eine Taste berührt hatte."

„Das sagen alle", meint Susanne, „das ist doch nur eine Entschuldigung vor sich selbst, wenn man mal wieder was falsch gemacht hat." Sie lacht. Ein bisschen hämisch?

Was Irmtraud erbost: „Von wegen, es ist mir mehrfach passiert. Wie früher eine Unterbrechung am Telefon, wenn sich jemand einschaltete, um mitzuhören." Irmtraud hatte einen eifersüchtigen Ehemann gehabt.

„Machst du denn Sachen am PC, die andere interessieren könnten?", fragt Margret, sie sieht eine Verbündete. Die Gefahr lauert eben überall.

„Ja, ehrlich gesagt, mache ich immer noch Online-Banking, und ich kaufe auch schon mal Sachen …"

„Da bist du ja das ideale Opfer. Die klauen deine Daten und kaufen unter deinem Namen und lassen von deinem Konto abbuchen." Margret guckt ganz mitleidig.

„Ich habe keinen Computer und ich habe auch nichts zu verbergen", brüstet sich jetzt Johanna.

„Und was ist mit dem Smartphone, das du dir kürzlich angeschafft hast?", fragt Susanne, die immer alles weiß. Woher eigentlich?

„Smartphones sollen ja noch viel anfälliger fürs Abhören sein. Dazu habe ich kürzlich einen Bericht im Fernsehen gesehen. Ich glaube, man hackt sich über W-LAN ein und kann mithören, was im Raum gesprochen wird." Irmtraud ist wie immer gut informiert und möchte von ihren Gefährdungen ablenken, man soll sie schließlich nicht für blöd halten.

Banges Schweigen.

„Ist das wahr?", Margret, ein wenig aufgeregt.

Hatte auch sie heimlich ein solches Teil gekauft?

„Sag mal, Susanne, du hast doch einen guten Bekannten in der IT-Branche, der könnte doch sicher was zu den Aussetzern von Irmtraud sagen." Margret.

Susanne will von ihrem IT-Bekannten ablenken und zitiert aus der Zeitung: „Das Neueste ist das CyberCaliphat, diese Typen schleichen sich auf Twitter- oder Youtube-Konten ein. Keine Ahnung, was sie da wohl erreichen wollen."

„Aber", sagt Irmtraud, die gern die Gesprächsführung hat, „wir sind ganz von Margrets Gefühl des Beobachtetwerdens abgekommen." Niemand meldet sich mit einem ähnlichen Gefühl, nur Susanne fragt Margret ganz süffisant: „Du hast wohl was zu verbergen und ein schlechtes Gewissen?" Was zu einem peinlichen Schweigen führt.

Johanna, die seit heute Vormittag über Margrets Problem nachgedacht hat:

„Es ist doch nie geklärt worden, was es mit dem

Elektrosmog auf sich hat, vielleicht entwickeln sich da Felder, die sensible Personen wahrnehmen können?"

„Und wie ist das mit den Erdstrahlen? Dafür empfängliche Menschen berichten darüber", Irmtraud.

Es entwickelt sich eine lebhafte Diskussion, man hatte mehr oder weniger oft an esoterischen oder esoterisch angehauchten Seminaren teilgenommen; man war geschult im Wahrnehmen außersinnlicher Phänomene. Gut, es hatte nicht immer geklappt, aber man hatte Berichte gehört … Schön, dass Margret von ihren Empfindungen erzählt hat. So kann man endlich wieder von den Erfahrungen berichten, die man selbst gemacht hat.

„Früher gab es doch Fragebögen, mit denen die Geschäftsführung abfragte, wie es uns geht und wie uns das Leben hier im Haus gefällt. Wollen die das nicht mehr wissen oder erfahren die das jetzt auf andere Weise?" Ein neuer Verdacht, geäußert von Susanne, die eine lebhafte Fantasie hat und die Ergebnisse gern mitteilt.

„Abhören?`"

„Belauschen, was in den Aufzügen gesprochen wird?"

„Über die Smartphones?"

„Zumindest das, was in der Halle geäußert wird, bekommen die mit."

„Und auch, was man sich im Großen Salon erzählt."

„Und beim Kaffeetrinken in der Cafeteria."

„Im Speisesaal beim Mittagstisch."

„Ja, stimmt, da hängen doch überall solche Geräte."

„Sind das Kameras?"

„Oder Mikrofone?"

Irmtraud lacht schallend: „Lautsprecher!"

Das müssen sie zugeben, Durchsagen zu Veranstaltungen im Haus hört man aus diesen unförmigen Geräten.

„Aber wo was rauskommt, kann auch was reingehen", meint Margret und macht eine Schnute. Sie hatte die Diskussion angefangen und will sie auch am Laufen halten. „Denkt doch an die Anlage im Aufzug, sprechen und hören." Verdammt, ja, das stimmt.

Susanne ist vollkommen verstummt, seit die Sprache darauf gekommen ist, dass sie einen IT-Spezialisten kennt. Sie ist intelligent genug um zu begreifen, dass sie das verdächtig macht. Bisher war noch keine der Damen darauf gekommen, aber wer weiß?

Johanna hat nachgedacht und meint nun: „Das Einzige, was wir selber tun können, ist doch, die Smartphones auszuschalten."

„Aber, liebe Johanna, das ist doch der Sinn eines solchen Teils, dass man erreichbar ist." Irmtraud.

„Na ja, ich habe immer noch mein Festnetztelefon, damit telefoniere ich und darüber werde ich angerufen." Johanna holt ihr Smartphone aus der Tasche, schaltet es aus und legt es entschlossen auf den Tisch: „Du spionierst mich nicht mehr aus! Das war's."

Margret tut desgleichen, Irmtraud auch, wenn auch mit Verzögerung. Susanne?

Susanne hat keins, sie ist sparsam. Geizig, hieß es von ihr hinter vorgehaltener Hand. Sie hat noch ein ganz altes Handy, mit dem man telefonieren kann und sonst nix. Auch ein Rat ihres IT-Freundes, die Dinger speichern nicht.

„Und übrigens, ausschalten nützt gar nichts, da müsst ihr schon den Akku raus nehmen", sagt jetzt Susanne, sachkundig.

Allgemeines Kopfschütteln und die Frage:

„Wieso denn das???"

„Das weiß ich leider auch nicht, mein IT-Freund hat das mal erwähnt," rutscht es ihr raus.

„Übrigens, auch die Telekom ist mit im Komplott, ihr Lieben. Über die Vorratsdatenspeicherung brauchen wir uns wohl nicht zu unterhalten, unsere Telefonate und E-Mails sind definitiv langweilig für andere. Aber, ist euch nicht auch schon aufgefallen, dass sich immer dann, wenn man die Wohnung betritt, die Sprach-Box meldet und entgangene Anrufe bekannt gibt? Woher wissen die von der Telekom, dass wir die Wohnung betreten haben", Margret ist in ihrem Element. Bespitzelung überall.

„Da hast du Recht, Margret, gestern Mittag kam ich vom Arzt, schließe auf und schon ruft die Nummer 08003302424 an. Und drei Stunden später, ich komme vom Einkaufen, das Gleiche. Und das alles nicht zum ersten Mal." Susanne.

„Wie kann man das wohl klären?" Margret.

„Nur an der obersten Stelle. Eine von uns schreibt an den Vorstandvorsitzenden der Telekom und bittet um Erklärung. Ganz höflich natürlich." Irmtraud. Und an ihr wird es wohl auch hängen bleiben.

Die vorgesehenen zwei Stunden für den wöchentlichen Austausch sind vorüber. Tief befriedigt vom Austausch und von der Darstellung der eigenen Erfahrungen auf allen möglichen Gebieten geht man nach Hause. Das heißt, man begibt sich auf die entsprechende Etage, mit dem Aufzug. Schweigend.

Eine von ihnen hat ein Geheimnis: Sie hat gestern eine E-Mail bekommen mit dem Inhalt „Ich weiß, an wen Du monatlich Geld überweist. Ich könnte auch welches gebrauchen. Ich melde mich."

Der Tote in unserem Garten

Die Sonne schien und lockte Johanna auf den Balkon hinaus. Sie erfreute sich an der Bepflanzung ihres Blumenkastens, drei strahlend gelbe Stiefmütterchen eingebettet in dicke Tannenzweige. Sah hübsch aus und war preiswert gewesen. Sie blickte hinunter in den Garten, der das Haus umgab und überprüfte dabei, was ihre Nachbarn auf den Balkonen gepflanzt hatten: Längst nicht so schlicht und schön wie bei ihr.

Unten im Garten hatte der Gärtner schon wieder etwas herumliegen lassen, einen Sack Erde wahrscheinlich, sehr groß. Direkt unter der Weide. Zu sehen war er nicht. Man sah ihn nur zusammen mit seiner Motorkarre, das heißt, er saß drauf und verärgerte alle Nachbarn durch seinen Lärm. Jetzt war nichts zu hören. Sollte der Sack da über Nacht liegenbleiben?

Telefon im Wohnzimmer: Gerda. „Geh mal auf den Balkon und sieh dir das an, jetzt schlafen die Penner schon in unserem Garten."

„Penner, in unserem Garten? Wie meinst du das?"

„Ja, geh mal raus und sieh es dir an, der Kerl liegt schon seit Stunden da."

„Ach was, ich habe auch was gesehen, das ist ein Sack Erde, den der Dicke hat liegen lassen."

„Meinst du? Ich halte das für einen Mann in einem braunen Mantel."

Johanna strich ihre weißen Haare aus dem Gesicht, ging wieder auf den Balkon und guckte. Diesmal angestrengt. Der Sack oder der Penner hatte sich nicht bewegt. Mussten sie etwas tun?

„Gerda, ich erkenne ehrlich gesagt nicht, was das da unten ist, halte es immer noch für einen Sack mit Erde. Aber müssen wir nicht was unternehmen, wenn es wirklich ein Mensch ist?"

„Ach was, lass den Kerl ausschlafen, dann wird er schon wieder verschwinden."

„Aber es wird gleich dunkel und es wird gleich kalt werden. Wenn dann etwas passiert, sind wir schuld, unterlassene Hilfeleistung nennt man das.

„Wir müssen es ja niemand erzählen, dass wir was gesehen haben", sagte Gerda und versetzte Johanna damit in Erstaunen. Gerda war doch immer sehr korrekt gewesen. Nicht nur das, sie ließ auch anderen keine Unkorrektheiten durchgehen. Und nun so etwas.

„Aber Gerda", sagte sie nur, hatte eigentlich auch keine Lust, der Sache auf den Grund zu gehen. Sie trennten sich, leichte Verstimmung auf beiden Seiten.

Johanna legte den Hörer auf, machte sich einen Becher Tee und wollte jetzt endlich ihr Buch hochnehmen und lesen. Aber. Aber ein Gedanke saß in ihrem Kopf: Und wenn es doch ein Mensch wäre, der da unter der Weide lag? Vielleicht. Vielleicht war das sogar eine Leiche. Hier stockte Johanna. Ließ ihren Thriller sinken, er fiel ihr vor die Füße. Warum las sie auch solche Sachen. Da passierten die unmöglichsten Dinge. Und kurbelten die Fantasie an. Sie ging noch einmal auf den Balkon: Der Sack lag noch da. Oder die Leiche.

Ob sie hinuntergehen sollte um nachzusehen? Aber nein, es wurde schon dämmrig. Und sie war alt und ein bisschen wacklig auf den Beinen. Das war eine gute Entschuldigung. Und außerdem – wenn er sowieso schon tot war?

Der nächste Morgen war trüb, sehr trüb. Im Garten waren viele rotweiße Bänder gespannt, Menschen in Uniformen oder weißen Schutzanzügen hatten zu tun. Jetzt nahm Johanna ihren Gehstock, der im Schirmständer steckte, und ging hinunter. Sie musste Gewissheit haben, was da los war. Menschen standen herum, wussten vieles zu erzählen. Kinder hatten auf ihrem Schulweg einen Toten gefunden. Wer war das? Niemand wusste das. Der Mann war in den Graben gefallen – und gestorben. So erzählten es die Gaffer. Johanna schluckte. In ihrer Magengegend rumorte es, sie schluckte wieder und wieder. Sie – hätte – helfen – können. Er musste noch gelebt haben, war aufgestanden und dann in den Graben gefallen. Und sie hatte nichts getan. Aus Gleichgültigkeit. Sie wagte es nicht, sich umzusehen. Es war auch nicht mehr viel zu sehen. Die Leiche war abtransportiert worden.

Später am Tag gingen Polizeibeamte von Wohnung zu Wohnung und fragten, ob man irgendetwas gesehen hätte. Zu Johanna kam ein junger Beamter, der sich als Kommissar Lutz vorstellte. Johanna hatte sich inzwischen von ihren Gewissensbissen erholt und antwortete auf seine Fragen, ohne über die gestrigen Beobachtungen zu sprechen. Der Kommissar sprach von einem Toten, der im Graben gefunden worden war. Wie und wann er gestorben war, darüber sprach er natürlich nicht und Johanna hatte auch keine Lust zu fragen. Er bat sie, mit ihm auf den Balkon zu gehen, was sie auch tat. Er wollte ihr wohl beweisen, dass sie etwas hätte sehen müssen.

Johanna wagte es kaum, die Stelle unter der Weide zu suchen, auf der gestern der Mann gelegen hatte. Dieser Stelle näherte sich jetzt der dicke

Gärtner mit seiner lauten Karre, stellte den Motor ab, stieg von der Karre, bückte sich - hob den Sack auf und verschwand.

Die muss weg

Versonnen blickt Henriette aus dem Fenster, hinaus in den gepflegten Garten. Ihr Blick schweift über die weißen Wege, den Rasen, die Blumenrabatten hin zum kleinen Blauen See. Die Sonne steht noch hoch am Himmel, es ist vier Uhr.

Ihr Entschluss ist gefasst, sie ist ganz ruhig. Ihre rechte Hand gleitet in die Tasche des schneeweißen Bademantels, ja sie sind da, die Tabletten. Noch ein paar tiefe Atemzüge, dann greift sie zum Glas, um es endlich leer zu trinken. Das grüne Zeug schmeckt ekelhaft - soll aber gesund sein.

Die Liegestühle in der elegant ausgestatteten Halle mit den großen Fenstern sind sämtlich noch besetzt, ein weißer Bademantel neben dem anderen, darüber blonde, schwarze und graue Köpfe. Henriettes Blick bleibt auf Kunigunde haften, so hat sie sie bei sich genannt. Zu ihrer Nachbarin gewandt:

„Sehen Sie sich das an: Operationen, Ersatzteile,

Kosmetik, Friseur und ein eiserner Wille halten das Ganze zusammen." Ihre Nachbarin kichert und ergänzt: „Und natürlich ein Bankkonto als Grundlage."

Dieses Bankkonto ist nach Henriettes Vermutung der Grund, warum Doktor Eisenbart – auch eine private Namensgebung – dieser Dame so viel Aufmerksamkeit schenkt. Bis zur Ankunft Kunigundes war sie selbst Objekt seiner Schmeicheleien gewesen. „Und unser guter Doktor betet den Mammon an." So bestätigte die Nachbarin ihre These. Beide lächeln einvernehmlich, Henriette etwas verkniffen. Sie greift noch einmal nach den Tabletten: Die muss weg.

Etwas mühsam erhebt sie sich dann aus ihrem Liegestuhl, versucht trotzdem eine elegante Pose – Doktor Eisenbart steht am Eingang, an ihm muss sie vorbei, wenn sie zu ihrer Suite will.

„Henriette, Sie verlassen vorzeitig den Ruheraum? Das gefällt mir gar nicht. Sie brauchen diese Erholungsphase." Der Doktor lächelt Henriette an, ganz so wie früher, denkt sie.

„Ach, lassen Sie mich, die harten Stühle hier, das passt mir nicht", sagt Henriette.

„Unsere Prinzessin auf der Erbse.„

Vor der Tür des Ruheraums kommt sie an dem Regal vorbei, an dem sich die Damen bedienen, wenn sie herunterkommen zur Ruhephase. Die Fächer sind mit Namen versehen und enthalten die täglich wechselnden Gesundheitstränke. Viele murren darüber, aber Doktor Eisenbart geht mit gutem Beispiel voran, auch sein Glas steht im Regal. Jetzt ist alles leer, die Damen ruhen ja schon.

Gegen elf Uhr am nächsten Morgen ist Henriette ganz erschöpft von all den Behandlungen, die sie schon hat über sich ergehen lassen müssen. Oder hat sie sie genossen? Das fragt sie sich, während sie in aller Ruhe die Kapseln zerschneidet, die das Fingerhutpräparat enthalten. Sie will nicht länger zusehen, wie Eisenbart Kunigunde hofiert. Ob sie ihn zurückgewinnt, das ist ihr eigentlich gleichgültig – aber Kunigunde muss weg, jedenfalls so lange, wie ihr eigener Aufenthalt hier im Haus noch dauern wird. Aus einer Serviette bastelt sich Henriette ein Tütchen, es muss ja schnell gehen beim Einfüllen des Giftes in Kunigundes Becher. Sie hat es schon ein paar Mal geübt mit Zucker und ist jetzt sicher, dass es klappen wird.

Es ist acht Uhr am Abend, Henriette macht einen kleinen Spaziergang im Park. Dabei hat sie den Eingang zum Haus am Blauen See im Auge. Sie wartet auf den roten Wagen mit dem Martinshorn, ihr Pülverchen muss doch allmählich Wirkung zeigen. In Eile und im Halbdunkel hatte sie ihr Tütchen geleert. Später hatte sie gesehen, dass alle Gläser leer waren. Auch das von Eisenbart, vorbildlich von ihm, dass er auch von dem Sud trinkt. Sie wartet vergebens. Nein, nicht wirklich vergebens: Ein schwarzes Auto fährt vor. Zwei schwarzgekleidete Herren tragen etwas, was aus der Entfernung wie ein Sarg aussieht. Es ist ein

Sarg. Ein unbeschreibliches Glücksgefühl durchfließt Henriettes alten Körper, sie muss sich setzen. Das hatte sie nicht zu hoffen gewagt. Ein längerer Krankenhausaufenthalt hätte ihr genügt. Aber wieso gibt es keine Polizei im Haus? Eigentlich keine Frage. Doktor Eisenbart kann sich dergleichen nicht leisten. Der Totenschein wird auf Herzversagen lauten. Und stimmt das nicht auch?

Henriette unternimmt ihren Morgenspaziergang im Park. Es wimmelt von weißen Bademänteln, dazwischen die rosa Kostümchen der Schwestern, die die ein wenig gebrechlicheren Damen begleiten. Eigentlich so etwas wie ein Altenheim, nur besseres Essen und bessere Zimmer, denkt Henriette.

Man begegnet sich, man nickt sich zu, man ist ja so positiv trotz aller Beschwerden. Aber irgendetwas ist anders als sonst, die Stimmung scheint gedrückt, vor allem bei den Schwestern. Ja, irgendetwas war schon heute Morgen anders, die

Visite hatte der Jungspund, so Henriettes Namensgebung, übernommen.

Henriette strebt zu einer Bank, von der aus man über den kleinen See blicken kann. Leider sitzt schon jemand dort. Henriette erstarrt. Bleibt stehen. Ringt nach Luft. Unmöglich: Kunigunde. Wer lag gestern Abend im Sarg?

Der Massenmörder

Peter und Auguste Kürten – 23. Mai 1930

Der lange vergeblich gesuchte vielfache Mörder Peter Kürten gestand seiner Frau im Mai 1930 auf einem Spaziergang an der Düssel seine Taten.

„Du hast also dieses Mädchen im Grafenberger Wald misshandelt und hast jetzt die Polizei am Hals. Sieh zu, wie du da wieder herauskommst. Was hast du gestern damit gemeint: Ich habe das alles gemacht?"

„Versprich mir, nichts von dem zu verraten, was ich dir jetzt erzählen werde."

„Du willst also den großen Düsseldorfer Mörder nachahmen."

„Ich bin der große Düsseldorfer Mörder."

„Das ist ja wohl nicht dein Ernst. Die Morde hast du begangen?"

„Ja, die Morde und alles andere."

„Auch das mit den unschuldigen Kindern?"

„Auch das!"

„Ich denke, das hat der Stausberg gemacht. Der

sitzt doch dafür."

„Lange bevor wir uns kannten, habe ich zum ersten Mal jemanden umgebracht. Ich war zur Fronleichnamskirmes nach Köln gefahren und hatte mich hinterher in Mülheim in eine Kneipe gesetzt. Auf dem Weg vom Klosett bin ich die Treppe raufgegangen, um zu sehen, ob da oben etwas zu holen war. Da lag ein schlafendes Mädchen. Ich habe es gewürgt und dann mit dem Taschenmesser erstochen. Die Polizei konnte die Sache nicht aufklären. Ich war tags darauf nochmal da, habe mich gegenüber in die Kneipe gesetzt und habe mir erzählen lassen. Wie die Mutter nach ihrem schlafenden Kind sehen wollte, es in seinem Blut liegend fand, wie sie geschrieen hat und zusammengebrochen ist. Ein Onkel des Kindes wurde verdächtigt und vor Gericht gestellt, aber mangels Beweises freigesprochen. Es ist jetzt 13 Jahre her."

„Das ist ja fürchterlich."

„Mit Kindern macht es eigentlich auch nicht so

viel Spaß. Aber es ist am einfachsten."

„Du Schwein."

„Dieses Jahr war es so weit, da ging es so richtig los. Zuerst kam dieser Betrunkene, er rempelte mich an. Du weißt, wenn mich einer angreift, werde ich besonders brutal. Er ging ganz schnell zu Boden, wollte mich mit dem Taschenmesser abwehren, da habe ich ihn zusammengestochen. Ich habe sein Blut getrunken. Im Geschmack gibt es keinen Unterschied zwischen Männer- und Frauenblut.

Dann passierte die Sache mit dem Kind drüben hinter der Vinzenzkirche. Du kennst die Geschichte ja. Es stand alles in der Zeitung und die Nachbarn haben wochenlang darüber geredet. Es war eine eiskalte Februarnacht. Ich habe die Leiche hinter der Kirche an den Zaun gelegt, wo sie die Badeanstalt bauen. Weißt du noch, wie ich morgens um sechs aus dem Schlafzimmer geschlichen bin? Ich bin im Unterhemd und in Pantoffeln zur Baustelle gegangen, ich wollte dich nicht stören. Ich hatte Petroleum in eine Bierflasche gefüllt. Dann habe ich das Petroleum angezündet, um die Leiche zu verbrennen. Als ich mittags wiederkam, war die Leiche weg. Die aufgeregte Menschenmenge hat mich mächtig erregt. Ich muss immer zum Tatort zurückgehen. Das ist an sich leichtsinnig. Aber ich bin noch nie aufgefallen. Als ich kürzlich mit Vater an der Stelle vorbeikam, hing ein Steckbrief am Zaun. Ich habe ihm den Fall geschildert und gesagt: ‚Es ist eine Schande, dass sie den Kerl nicht kriegen.' Er nickte nur. Am erfolgreichsten war ich in der Sommernacht, als die Lierenfelder Kirmes war. Da habe ich dreimal zugestochen, eine Frau, ein junges Mädchen und einen Mann. Es ging alles sehr schnell, ich musste jedes Mal fliehen. Das soll mir mal einer nachmachen! Es war mein Traum, an einem Tag mehrere Morde zu begehen. Das wäre die Krönung meines Lebens gewesen."

„Du bist kein Mensch, du bist ein Vieh."

„Aber zwei Wochen später, da hat es geklappt. Es

war bei der Fleher Kirmes, die beiden Mädchen. Erst habe ich die eine weggeschickt Zigaretten holen, und habe die andere gewürgt und erstochen. Dann kam die mit den Zigaretten zurück und ich habe sie auch umgebracht."

„Die armen, armen Kinder. Du Bestie."

„Unterbrich mich nicht immer! Im August hatte ich dann diesen wunderschönen Sonntag mit dem Dienstmädchen Maria. Sie saß auf einer Bank am Hansaplatz hinterm Zoo und sprach mich an, als ich vorbeikam. Wir redeten ein bisschen miteinander und verabredeten uns dann zu einem Ausflug am nächsten Sonntag. Sie hatte schon eine Verabredung mit einem anderen Mann, zog mich aber vor. Wir sind am frühen Nachmittag mit dem Zug zum Neandertal gefahren und von dort aus in Richtung Düsseldorf gewandert. Es war ein flottes Weib, und sie hatte viel Temperament. In der Stindermühle sind wir eingekehrt, haben Kartoffelsalat mit Leberwurst gegessen und Rotwein getrunken. In Erkrath haben wir zu Abend gegessen und ein paar Flaschen Bier getrunken. Auf dem Weg nach Gerresheim haben wir uns ein Fleckchen zum Ausruhen und zur Liebe gesucht. Wir wurden wir wurden aber immer wieder von Spaziergängern und Liebespaaren gestört. Dann fanden wir eine abgelegene Stelle. Ich habe sie gewürgt, bis sie ohnmächtig war, und dann angefangen auf sie einzustechen. Sie kam wieder zu sich und hat um ihr Leben gewimmert. Aber ich war so im Rausch, dass ich nicht mehr zu halten war. Ich habe ihr Blut getrunken und mich befriedigt. Dann habe ich die Leich in den Graben gezogen, Schuhe und Kleidung gereinigt und bin von Gerresheim mit der Straßenbahn nach Hause gefahren."

„Wie fürchterlich! Das war, als du so fröhlich ankamst, die Blutflecken am Hemd hattest und erzählt hast, du hättest Nasenbluten gehabt? Ich dachte gleich, dass es etwas mit einer Frau zu tun hatte. Am Abend drauf warst du schon wieder weg und hast mir erzählt, du müsstest einen kranken Kollegen vertreten."

Ich habe die Schaufel vom Speicher geholt und bin wieder nach Gerresheim gefahren. Nachts habe ich Maria dann ein 1,30 Meter tiefes Grab geschaufelt. Auf das Grab habe ich einen Feldstein gelegt. Ich bin dann nochmal hingefahren und habe Unkraut auf das Grab gepflanzt. Ich war in den nächsten Wochen noch dreißigmal an Marias Grab und war immer sehr glücklich. Es war eine prachtvolle Frau."

„Du hast ja nicht alle auf der Reihe, Peter. Du bist im Kopf nicht in Ordnung."

„Du musst es ja wissen. Hoffentlich sagen das die Richter dann auch, wenn sie mich mal gefasst haben. Hier am Rhein war ich übrigens auch zweimal. Dort drüben an den Weiden habe ich das Dienstmädchen mit dem Hammer erledigt. Und dann war da noch die, die zuerst nicht mitwollte. Auf der Neusser Kirmes habe ich ihr Kokosnüsse, Alpenbrot und Pfirsiche spendiert. Der Weg am Rhein wurde ihr zu lang. Ihr taten die

Füße weh und ich habe ihr die Schuhe getragen. Als wir uns hingesetzt hatten, um auszuruhen, habe ich versucht, ihr den Schlüpfer herunterzuziehen. Da sagte sie doch tatsächlich zu mir: ,Nein, bitte nicht! Bring mich doch um.' Das war die Einzige; die mir so etwas gesagt hat. Ich habe sie mit dem Dolch erstochen. Die Spitze ist ihr im Rücken stecken geblieben. Als ich wegging, dachte ich, die ist fertig. Ich hörte noch das Überfallkommando kommen, Leute hatten sie gefunden. Ich habe dann später in der Zeitung gelesen, dass sie doch nicht tot war. Ich habe überhaupt zu oft daneben gestochen. Aber ich bin dann ja im Rausch und das viele Stechen macht mich erst richtig wild, vor allem, wenn die Frau stöhnt und leidet. Hast du eigentlich keine Angst vor mir, Auguste?"

„Untersteht dich, du Teufel. Ich schlag dich zu Boden."

„Ist ja schon gut. Dann war da das junge Dienstmädchen drüben am Rhein. Es waren fast immer

Dienstmädchen, sie sind besonders zugänglich und unternehmungslustig. Und dann dieses Dienstmädchen im Hofgarten. Inzwischen arbeitete ich mit dem Hammer. Aber auch damit hatte ich nicht den erwünschten Erfolg. Nach mehreren Schlägen auf den Kopf schrien und stöhnten sie immer noch. Ein Mensch ist stärker gebaut als ein Hund. Ich konnte, wenn ich neben ihnen ging, auch nicht weit genug ausholen. Und bei der im Hofgarten ist mir dann noch der Hammer abgebrochen. Das Eisen flog ins Gebüsch. Ich habe es nicht mehr gefunden. Dann war da noch das kleine Mädchen bei Haniel & Lueg. Ich habe es an der Mauer begraben. Weil sie die Leiche von der Maria und von dem Mädchen an der Hanielmauer nicht gefunden haben, habe ich dreimal eine Skizze an die Zeitung geschickt. Denkst du, dass hätte etwas genutzt! Erst nach dem dritten Mal haben sie schließlich Marias Grab gefunden und die Kleine bei Haniel dann auch. Und jetzt kommt diese Butlies. Ich habe sie laufen lassen und nun habe ich die Polizei am Hals. Und sie liefert mich ans Messer. Da hat irgendetwas bei mir ausgesetzt.

Im Grafenberger Wald habe ich sie vergewaltigt und gewürgt und sie rief: ‚Lieber Heiland steht mir bei.' Das hat mich vielleicht gerührt. Ich habe sie gefragt, ob sie meine Wohnung wiederfinden kann. Als sie Nein sagte, habe ich sie laufen lassen und bin gegangen. Sie war so frisch und patent. Wie viele Weiber habe ich schon gewürgt und geschlagen und sie sind am nächsten Tag trotzdem wieder mitgegangen."

„Du bist allein losgezogen, nie hast du mich mitgenommen und das steckt nun dahinter. Welche Kunst hast du angewendet, um deine Untaten vor mir geheim zu halten?

„Du kannst mir glauben, dass ich gern mit dir darüber gesprochen hätte. Aber ich traute mich nicht. Du hättest sicher verhindert, dass ich weitermache. Ich brauche es aber zum Leben und du lässt dich ja nicht würgen."

„Du bist ein Tier, du bist kein Mensch. Die Leute werden mit Fingern auf uns zeigen. Und die Eltern der kleinen Kinder, die du erstochen hast, werden uns auflauern."

„Sei gut, Auguste. Du hast nichts damit zu tun, aber du hast einen berühmten Mann."

„Du bist mir unheimlich, du ekelst mich."

„Dann geh doch, wenn ich dir nicht gut genug bin, wenn du glaubst, du kommst alleine besser durch. Auguste, du weißt doch, wir haben uns immer gut verstanden. Denk an die lange Zeit, die wir schon zusammen sind. Ich habe noch nie geweint. Aber gestern Abend habe ich bitter geweint, weil ich dich verliere. Ich muss jetzt erst mal verschwinden, aber ich werde dir Nachricht geben."

„Wenn ich an die kleinen Kinder denke und an ihre Eltern! Und du lagst immer friedlich im Bett und schliefst ruhig, wenn ich von der Arbeit kam."

„Ich kann es auch nicht mehr ändern. Vielleicht

hätte ich die Kleinen in Ruhe lassen sollen. Die meisten haben nicht viel gespürt. Wer weiß, was ihnen im Leben erspart geblieben ist. Und die Weiber haben sich mir aufgedrängt."

„Woher nimmst du das Recht, anderen das Leben zu nehmen?"

„Jeder Mensch muss sterben. Der Tod ist Schicksal und ich war ihr Schicksal."

„Geh, mach Schluss, ehe es andere tun. Ich will auch nicht mehr weiterleben."

„Es ist noch nicht so weit. Aus meinem eigenen Tod werde ich ein Fest machen, eine große Orgie. Ich will im Blut ertrinken und ersticken. Vorher habe ich noch etwas zu erledigen, ein paar Abrechnungen. Ich werde jetzt erst einmal untertauchen, häufig den Ort und die Arbeitsstätte wechseln und zuerst mal nichts mehr anstellen. Mit den Jahren vergisst man alles und irgendwann verjähren die Verbrechen."

„Wären wir doch in Altenburg geblieben, statt nach Düsseldorf zu ziehen!"

„Da hielt ich es nicht mehr aus. Ich wollte in die Heimat zurück. Nur hier in der Großstadt konnte ich meine Ziele verwirklichen. In Thüringen hätte ich mich nicht entwickeln können."

„Ich werde mich scheiden lassen. Ich begreife nicht, dass sie dich nicht eher gefasst haben."

„Ich habe gut aufgepasst. Und ich habe unheimliches Schwein gehabt. Damals in Köln hat die Polizei mein Taschentuch gefunden, an dem ich mir die Hände abgewischt hatte. Darin waren die Initialen P.K. eingestickt. Weil der Vater des Kindes dieselben Initialen hatte, hat man es aber nicht weiter beachtet. Als die Schere im Kopf der Frau abgebrochen ist, habe ich sie zum Schleifen gebracht. Später ist mir aufgegangen, wie leichtsinnig das war. Aber die Polizei hat nicht aufgepasst. Oft sind mir unterwegs Leute begegnet. Einmal, als ich drüben mit dem kleinen Mädchen unterwegs war, begegneten mir zwei Männer, einer hat mich ganz kritisch angesehen, ich beugte mich zu dem Kind herunter und zum Glück lachte es laut. Da sah es aus, als sei ich der Vater. Dann hat es noch Bekannten an einem Fenster zugewinkt. Auf der Erkrather Straße hat mich der Pförtner von der Fabrik angehalten. Aber ich wirke eben so gepflegt und vertrauenswürdig. Wenn sich nach den Taten die Menschen ansammelten, habe ich mich dazugesellt und mit ihnen über den grausamen Täter und die unfähige Polizei geschimpft."

„Ich kann nicht verstehen, dass die Frauen sich nicht gewehrt haben."

„Doch, manche haben sich gewehrt, die musste ich dann laufen lassen. Erst mal habe ich ihnen gesagt, das Würgen gehöre zur perfekten Liebe dazu. Das haben die meisten geglaubt. Nachher sind sie gegangen und manche sind sogar wiedergekommen. Viele Frauen kennen sowieso nur brutale Männer. Die, die ich geschlagen und gestochen habe, waren so überrascht, dass sie sich gar nicht wehrten. Sie konnten nicht begreifen, dass so ein liebenswürdiger, gebildeter Mensch plötzlich so brutal wurde. Und die meisten waren mir hinterher auch nicht böse."

„Ich hätte dich getreten und gekratzt."

„Du wärst ja wohl auch gar nicht mitgegangen, Auguste."

„Man kann doch nicht einfach arme, kleine Kinder umbringen, weil e einem Spaß macht."

„Es kam eben so über mich. Eda konnte ich nicht anders. Ich habe es auch einmal mit einem Schwan im Hofgarten versucht. Er hatte auch allerhand Blut, aber das hat mir nicht solche Freude gemacht. Allerdings die brennenden Scheunen, das war schon großartig, wenn die Flammen hochschlugen und die Mauern zusammenkrachten. Ich hätte mich vielleicht aufs Anzünden von Scheunen beschränken sollen."

„Und ich habe mich von dir abends nach der Arbeit bei Café Hemesath abholen lassen, weil ich Angst vor dem Mörder hatte. Du hattest doch nun zu Hause wirklich alles, was du brauchtest. Aber eine Frau allein hat dir wohl nie genügt. Du musstest dauernd noch eine andere nebenbei haben."

Ich habe schließlich 20 Jahre in Gefängnissen und Zuchthäusern gesessen. Da habe ich viel aufgespart."

„Und das musstest du mit kleinen Kindern nachholen?"

„Ich sage ja, das hätte ich sein lassen sollen. Ich hätte mich überhaupt aufs Brandstiften beschränken sollen. Aber es schwebte mir von früh an vor, einmal ein großer Mörder zu sein."

„Von einer solchen Schreckgestalt muss man die Menschheit befreien."

„Die heutige Regierung lässt aber keine Todesurteile mehr vollstrecken. Die Sozialdemokraten sind gegen die Todesstrafe, das Zentrum ist dafür. Und die Haft ist heute auch nicht mehr so schlimm wie früher, als ich wegen jeder vorlauten Bemerkung fünf Tage verschärften Arrest bekam und über Weihnachten in Ketten gelegt wurde. Auch Lebenslängliche kommen irgendwann wieder raus."

„Ach, und dann willst du weitermachen wie vorher?"

„Na ja, irgendwann hätte ich schon selbst ein Ende gemacht. Ich stelle mir das so vor, dass ich einen großen Knalleffekt bewirkt hätte, drei Morde an einem Tag. Und dann hätte ich mich vielleicht ertränkt, hätte mir Steine an die Füße gehängt, wäre nie gefunden worden und die Morde wären nie aufgeklärt worden. Ich habe mich früher auch schon mal auf die Eisenbahnschienen gelegt. Aber da kam dann etwas dazwischen. Erst musst du versorgt sein."

„Willst du dich nicht stellen?"

„Mein Weg ist noch nicht am Ende. Auf meiner Liste stehen noch mehrere, deren Ende besiegelt ist. Heute wäre die nächste dran gewesen, wenn nicht die dumme Sache mit der Butlies dazwischengekommen wäre. Das passt mir jetzt überhaupt nicht."

„Den Winter über hast du Ruhe gehalten und jetzt

ist bei dir wohl der Frühling ausgebrochen?"

„Ach, ich hatte an die zehn interessante Begegnungen, den Winter über war ich aber friedlich gestimmt. Gegen ein bisschen Gewalt haben die Frauen an sich nichts einzuwenden."

„Als ich dich mit dem Mädchen in der Altstadt auf der Flingerstraße getroffen habe und du mich auch noch geohrfeigt hast, weil ich gesagt habe, oha, wie nett, habe ich der wohl das Leben gerettet? Wolltest du die auch umbringen? Und als ich damals überraschend nach Hause kam und das Mädchen in unserem Bett fand, das nicht einmal gehen wollte, wolltest du die vielleicht auch ermorden, gleich zu Hause?"

„Ach Guste, ich weiß nicht, was da immer so über mich kommt. Es bedrückt mich alles sehr."

„Wie soll das enden! Und was soll ich den Leuten im Hause sagen und der Polizei?"

„Du wirst das schon richtig machen. Verrate mich nicht! Ich bin weg und du weißt nicht, wann ich wiederkomme. Wenn du mich noch einmal sehen willst, sei morgen um drei Uhr an der Rochuskirche. Dann besprechen wir den Rest."

Tags darauf wurde Kürten festgenommen. Er wurde vor Gericht gestellt, zum Tode verurteilt und hingerichtet. Sein Gehirn wurde – ohne einen Befund – auf Anomalien untersucht. Sein Leichnam wurde auf dem Friedhof Melaten in Köln beerdigt.

Auf kurzem Weg

Mit einem Aufatmen drückte Huppertz, Laborchef, unterbezahlt, auf „senden an", zog dann den Stick aus dem Laptop und betrachtete ihn. Ziemlich klein das Ding, könnte man ohne Schaden herunterschlucken, wenn es denn sein müsste. Na ja, er käme wohl kaum in die Verlegenheit.

Er steckte den Stick in einen Luftpolsterumschlag, dazu noch etwas feste Pappe. Musste ja nicht jeder merken, was drin war. Eine Adresse drauf, ebenso einen Absender. Dann zog er die Handschuhe aus und steckte sie in seine Aktenmappe, Fingerabdrücke auf brisantem Material, nein danke. Er rief die junge Frau herein, die vor seiner Bürotür wartete. Er zeigte auf den Umschlag, der auf dem Tisch lag: „Für die heutige Überseepost mit Air Berlin, New York. Aber gesondert, nicht in die allgemeine Post. Besteh bitte darauf."

Die junge Frau würde jetzt zur Firma Schnell-Kurier fahren und dort den Umschlag persönlich übergeben. Der Kurier der Firma musste nach seiner schriftlichen Anweisung den Umschlag getrennt von der allgemeinen Post zum Flughafen bringen und dem On-board-Kurier übergeben. So weit, so normal. Die hielten sich streng an Vorgaben, das wusste der Laborchef. Der Brief würde in New York ebenso gesondert abgeholt werden; jemand würde ein paar Daten und Zahlen in einen Computer eingeben und er, der unterbezahlte Laborchef, würde um einiges reicher sein.

Vor der Gangway übergab die Angestellte von Schnell-Kurier den Umschlag mit dem USB-Stick an den On-board-Kurier Horst. Der hatte soeben telefonisch den Auftrag erhalten, einen Brief an die XXX-Company zu übernehmen. Er sollte ihn allerdings nicht mit nach New York nehmen, sondern ihn einem bestimmten Boten aushändigen. Blauer Overall mit Firmenzeichen war angekündigt. Der ließ sich aber Zeit. Als er endlich auftauchte, sah er eher wie ein geschniegelter Bürotyp aus, der Overall passte ihm nicht einmal. Er griff schweigend nach dem Umschlag und verschwand.

Im Flughafenparkhaus saß ein Kollege des Geschniegelten in einem Smart, abfahrbereit.„Hat's geklappt?"

„Na klar."

„Hat der keine Fragen gestellt?"

„Nee, man hatte ihm die Firma genannt, das genügte. Dem war egal, ob Düsseldorf oder New York."

Der Geschniegelte rekelte sich auf seinem Sitz, tätschelte den kleinen dicken Umschlag. „Gutes Geld für kleine Arbeit. Fahr los, damit wir das Ding abliefern können."

Die Lobby des Bürohauses: hochelegantes Ambiente, Marmorboden, Glas, Spiegel, Blumen. Ein Typ stand neben dem Doorman, er erwartete den Geschniegelten und griff nach dem Umschlag. Übergab seinerseits einen, der schön fett aussah.

Der Typ fuhr nach oben, siebter Stock, ebenso

elegant. Firmenlogo „Pharma-Block". Ausblick über den Rhein. Die Sekretärin am Empfang winkte: „Dalli, dalli, der Boss wartet schon."

Der Boss stand neben einem bezopften jungen Mann am PC, griff nach dem Umschlag und übergab ihn an den Bezopften. „Nun aber los."

Für den Bezopften war es eine leichte Übung. Kein Passwort, keine Verschlüsselung, der Stick sollte leicht gelesen werden können; der vorgesehene Empfänger zahlte ja dafür. Über den Bildschirm rappelten die Zahlenkombinationen und Formeln. Der Boss konnte es sich nicht verkneifen zu jubeln.

„Das haben wir gebraucht, jetzt kann's losgehen. Und die Amis schauen in die Röhre." Er klopfte dem Bezopften auf die Schulter.

Er blickte zum Fenster hinaus auf das Nebengebäude. Genau auf den Schreibtisch des Laborchefs. Wie gut, dass der eine geldgierige Freundin hat und dass in der Branche jeder jeden kennt, dachte der neue Besitzer des USB-Sticks.

Luftpost

Das Gewusel im Flughafen störte Ingrid nicht. Was sie nervös machte, war der Brief, ziemlich klein, Luftpolster. Da war einiges ungewöhnlich: Irgendeine Sekretärin hatte ihr den Brief in die Hand gedrückt, als der Kurierbeutel schon versiegelt gewesen war. Die Anschrift war mit der Hand geschrieben, der Absender unleserlich und der Bestimmungsort war London, nicht New York, wohin der große Beutel gehen sollte.

„Sollen wir ihn nochmal öffnen lassen?", hatte Ingrid gefragt.

„Ach was, geben Sie den Brief einfach ab."

Ingrid schob sich durch den Personaleingang, dunkel und eng. Durchlass per Chipkarte. Heute war Horst On-Board-Kurier, erwartete sie schon vor der Gangway, griff als erstes nach dem Brief. Er hatte einen angespannten Ausdruck in seinem sonnengebräunten Jungensgesicht. Für Außenstehende war es ein ganz normaler Ablauf: Kurierpost wurde übernommen.

„Hallo, siehst wieder klasse aus, Ingrid, und tschüss." Er wuchtete den Postbeutel von Ingrids Karre und verschwand in Richtung Airbus 330, Flug AB 7480, 17.00 Uhr, nach New York. Was er auch klasse fand, war sein Studentenjob als Kurier. Viele freie Flüge.

Ingrid war neu in der Firma, hatte diesen Job angetreten, weil da ein Hauch von weiter Welt wehte: Schnell-Kurier weltweit. Alles, was in der Stadt eilige Post hatte, lieferte bei Schnell-Kurier an. Das war jetzt ihre letzte Maschine für heute. Feierabend.

Bei einem Glas Bier auf ihrer Couch dachte Ingrid einmal mehr über ihren Traum nach: On-Board-Kurier – das wäre was. Fremde Länder, fremde Städte; man durfte den üblichen Kurzaufenthalt auf eigene Kosten verlängern.

Es klingelt. Was, jetzt noch? Fast zehn Uhr. Es klingelt noch einmal, heftiger.

Ingrid öffnet mürrisch. Wieso hat sie Herzklopfen?

Vor der Tür stand ein Mann, der mit einem Ausweis wedelte: „Kampmann vom LKA". Sah entschieden eleganter aus als man sich Beamte vorstellte. Südländischer Typ, nun ja, heutzutage. Migrationshintergrund?

Kampmann stieß die Tür weiter auf und kam einfach rein.

„Frau Ingrid Kleinheuer? In der Firma Schnell-Kurier tätig? Sie haben heute Nachmittag Briefe an den Airbus nach New York geliefert?"

Inquisitorisch ging es weiter. Aber Ingrid hatte nichts zu sagen, eine kleine Angestellte, die Kurierpost im versiegelten Beutel am Flieger ablieferte.

„Frau Kleinheuer, bitte ziehen Sie sich etwas über, Sie kommen mit. Wir haben noch Fragen."

„Zu was denn? Erklären Sie mir erst mal, um was es geht."

„Darüber sprechen wir im Amt."

Ingrid stieg schweigend ins Auto. Am Steuer saß ein jüngerer Mann, Jeans statt Anzug und schweigsam. Ingrid hatte keine Ahnung, wo das LKA seine Büros hatte, aber nach einiger Zeit war klar, dass sie in Richtung Flughafen fuhren. Der verdammte Brief.

Sie kamen durch einen verrotteten Hintereingang auf das Flughafengelände, fuhren über Ödland bis vor das halb geöffnete Tor eines Hangars. Kampmann packte Ingrid am Arm und schob sie vor sich her. Motorenlärm war nur noch aus der Ferne zu hören. Es war dunkel.

LKA-Büros sahen sicher anders aus, dachte Ingrid und versuchte, ihre Angst in den Griff zu bekommen. Am Rand der dunklen Halle saß ein Mann auf einem Stuhl, die Arme auf dem Rücken gefesselt, der Kopf tief gesenkt. War das Horst?

„Sie erklären mir sofort, wo der Brief ist, den Sie gestern in der Firma bekommen haben!"

Kampmann war kein LKA-Mann mehr, die Fassade hatte er abgelegt. Er nickte einem bullig aussehenden Typen zu, der sich langsam näherte. Ingrid starrte sprachlos auf Horst, ja, er war es.

Sie hatte sich an das fahle Licht gewöhnt und sah jetzt die Spuren von Blut auf seinem Gesicht, auf seinem Hemd. Hatte er nicht geredet? Oder nichts gewusst?

„Wird's bald?", fragte Kampmann, oder wie er auch heißen mochte. Der Bullige war jetzt ganz nah.

„Ich weiß gar nichts." Ingrid konnte nur flüstern, ihre Stimme versagte. Dass man so zittern konnte. Kampmann erhielt einen Anruf. Kurze Antwort: „Danke."

„Sie haben den Brief übernommen. Wo ist er jetzt? Wollen Sie auch so enden wie dieser saubere Kurier?"

„Ich habe ihn Horst übergeben, der hat ihn in die Maschine mitgenommen." Es hatte jedenfalls so ausgesehen. Aber vielleicht hatte er den Brief Kampmann übergeben sollen und es aus irgendeinem Grund nicht getan. Oder nicht gekonnt?

„Sie haben den Brief – oder den Inhalt. In Ihrer Wohnung haben wir nichts gefunden. Her damit."

Wie hatten sie Horst aus der Maschine herausbekommen? Oder war er gar nicht eingestiegen? Hatten diese Gangster einen Informanten in der Firma? Als sie den Brief übergeben hatte, war etwas wie ein USB-Stick drin gewesen, viel Pappe darum herum, das konnte man fühlen. Was zum Teufel hatte man ihr da eingebrockt? Kampmann hatte sie losgelassen. Der Bullige stand hinter ihr. Sie spürte einen Tritt und ihre Beine sackten weg.

Was war los, wo war der Bullige? Und Kampmann? Unsichtbar. Warum hockte sie am Boden? Ihr Kopf tat weh, ihr ganzer Körper. Im Hintergrund hörte sie etwas wie leise Befehle.

Was wollte dieser Vermummte von ihr? Wieso flüsterte der? Flüsterte eigentlich ganz freundlich. Was?

„Keine Sorge, Sie sind in Sicherheit. SEK."'

Sicherheit - was für ein schönes Wort, dachte Ingrid.

Sucht das SEK nach Kampmann oder nach dem

USB-Stick? Ach, egal.

Pfeif` auf die Karriere als On-Board-Kurier – war dann Ingrids letzter Gedanke, bevor sie vom Martinshorn der Rettungswagen wieder geweckt wurde.

Gute Pläne – Böse Taten

Werner Huppertz saß in seinem komfortablen Büro in der Boss-Pharmafirma. Er starrte auf das Smartphone, das vor ihm auf dem Schreibtisch lag. Sollte er ein weiteres Mal in Zürich anrufen? Nur um ein weiteres Mal zu hören: „Nein, noch nicht." Für fünfzehn Uhr mitteleuropäischer Zeit war ihm sein Vermittlungshonorar zugesagt worden. Vermittlung, er lachte kurz auf. In New York konnte er nicht nachhaken, er wollte um jeden Preis vermeiden, Spuren zu hinterlassen. Schlimm genug, dass er schon zwei Mal in Zürich angerufen hatte.

Um siebzehn Uhr kam die unverfängliche Nachricht seines Mittelsmannes in New York: „Auftrag gecancelt, Ware nicht eingetroffen." Huppertz sackte in sich zusammen – was war passiert? Er hatte alles so sorgfältig geplant und organisiert. Wo – war – die – „Ware"? Wer klaute einen Geschäftsbrief? Der Inhalt war Gold wert, genauer gesagt, eine halbe Million Dollar, aber für einen gewöhnlichen Dieb – null.

Huppertz straffte sich, jammern hilft nichts. Wer wusste? Wer wusste davon, dass er Informationen geklaut hatte, um sie an eine Konkurrenzfirma in USA zu verkaufen? Nur – ja, nur Cecilia. Huppertz spürte, wie sein Herz hämmerte: Cecilia. Seine Cecilia. Sein Vögelchen. Was wusste er von ihr? Sie war jung, sie war schön, sie liebte teure Klamotten. Er liebte sie. Wie ein alter Mann die Jugend liebt. Huppertz ging zu den Waschräumen. Dabei sah er sein Spiegelbild. Na, noch nicht alt, 48, etwas Bauch, nur etwas. Die Falten? Machten sein Gesicht männlicher als früher. Babyface hatten ihn seine Freunde genannt. Nicht nett. Denen hatte er aber gezeigt, was ein Babyface alles erreichen kann. Topmanager. Fast. Er schnitt eine Grimasse, sollte Triumpf sein, missglückte aber.

Zurück hinter seinem Schreibtisch zwang Huppertz sich, darüber nachzudenken, wie er herausfinden könnte, ob Cecilia etwas getan hatte - und warum und was genau. Was schien klar, sie hatte den Brief unterschlagen. Er hatte sie gebeten, den Umschlag, der die Speicherkarte mit den wertvollen Informationen enthielt, zum Flughafen zu bringen. Dort sollte sie ihn dem Kurier an Bord der Air Berlin nach New York aushändigen. Er selbst wollte nicht der sein, den man identifizieren konnte, falls …

Huppertz überlegte: Cecilia wollte die Informationen selbst zu Geld machen. Kannte sie die Konkurrenz? Hatte er davon gesprochen? Möglich. Hatte sie eine Ahnung, wieviel Geld dabei herausspringen könnte? Sein Vögelchen? Er kannte sie wohl wirklich nicht. Auch noch nicht lange.

Das Blut stieg ihm zu Kopf, die Gedanken rauschten: Das konnte er nicht durchgehen lassen! Erschießen, erwürgen, ersticken? Er hatte keine Pistole, also erwürgen, ersticken. Aber sie müsste bewusstlos sein, sonst würde er es nicht schaffen. Sie war jung und kräftig. Sportstudentin. War im Fernsehkrimi nicht oft von Ko-Tropfen die Rede? Wo kriegt man die? Vorsicht bei der Beschaffung, keine Spuren … Schrecklich, zu welchen Gedanken man sich versteigt, wenn man so betrogen wird. Ich ruf sie erst einmal an. Sprach-Box. Hat sich verkrümelt, wohlweislich. Konnte sich denken, dass er inzwischen wusste, was passiert war. Jedenfalls, was nicht passiert war in New York. Ich muss sie in Sicherheit wiegen, vielleicht hat sie den Brief noch. Also wieder anrufen und verabreden. Zuckersüß. Ganz im Inneren hegte er die Hoffnung, dass der Kurier derjenige war, der den Brief an sich genommen hatte. Aber warum?

„Hallo Blümchen, ich komme heute Abend zu dir. Freust du dich?"

„Aber natürlich, Werner, wann?"

„Wie immer." Huppertz schluckte einmal, aber es musste sein:

„Stell dir vor, meine Post nach New York ist

96

nicht angekommen."

„Das ist aber blöd. Was kann denn da schiefgegangen sein?"

Blümchens Stimme klang wie immer, offen, harmlos, schuldlos. Die Hoffnung wuchs: der Kurier war schuld.

Der Morgen nach einem harmonischen Abend begann für Huppertz mit einem Telefonat im Büro: „Sag mal, Werner, hast du eine Ahnung wie die Daten zur Entwicklung Pharma_3 aus eurer Firma hier zu uns gekommen sein kann?", fragte Kurt Weller von der Konkurrenzfirma. Auf den verschiedenen Arbeitsebenen tauschte man sich schon mal aus, trotz der Wettbewerbssituation.

„Pharma_3? Bist du sicher? Ich habe keine Ahnung, Kurt. Ich war's jedenfalls nicht." Huppertz versuchte unbefangen zu lachen. Sein Hals war plötzlich wie ausgedörrt, er musste husten.

„Hast du meine Frage in den falschen Hals gekriegt? Ich würde dich doch nie ernsthaft verdächtigen, das musst du mir glauben."

„Klar Kurt, aber ich habe wirklich keine Ahnung. Da kommen nicht allzu viele aus dem Haus in Betracht. Bist du denn sicher, dass da was dran ist?" Huppertz hatte sich beruhigt.

„Totsicher, die obere Etage jubelt."

„Ja dann. Wäre ein herber Rückschlag für uns, wenn ihr eher mit dem Mittel rauskommt."

„So ist das Leben, lieber Werner. Vielleicht hörst du mal was, man ist ja neugierig. Und tschüss."

Dieses verdammte Luder. Nicht nur, dass eine halbe Million futsch war. Das Ganze war ein schwerer Rückschlag für seine eigene Firma. Und er war der Verantwortliche für das Projekt Pharma_3. Wie konnte er das wettmachen? Die Firma von Kurt war auch seit langem an dieser Art Produkt dran, der Inhalt seiner Speicherkarte war der letzte Schub zum Erfolg. Die Amis hätten von vorn anfangen müssen, da waren seine Skrupel minimal gewesen. Es war ihnen trotzdem eine halbe Million wert gewesen. Wie hoch war der

Wert für die Konkurrenz? Was hatten sie Blümchen dafür bezahlt? Dieses verdammte Luder.

Also Ko-Tropfen. Ein Blick ins Internet: Total einfach, ran zu kommen. Aber wie bestellen? Nicht von seinem PC aus. Ein Pre-paid-Handy? Auch das ein Tipp aus dem Fernsehkrimi. Wie lange kann das dauern, bis geliefert wird? Erst danach der nächste Termin. Bei ihr, wie immer. So tun, als wäre nichts.

Huppertz saß wieder in seinem Büro. Das Päckchen war bei ihm zu Hause angekommen. Neutraler Absender. Seine Frau nicht da, Kur. Jetzt wurde es ernst. Gedankenspiele sind das Eine, Pläne das Andere. Aber für einen methodisch denkenden Menschen war es einfach. Was war notwendig? Normale Stimmung zwischen ihm und Blümchen. Eine Verabredung in ihrer Wohnung. Alkohol. Da war nichts schwierig. Warum hatte er dann eine solche Beklemmung in der Brust?

Der nächste Schritt lag vor ihm: vom Plan zur

Tat. Anrufen, verabreden. Noch mal darüber nachdenken, was ihn mit Blümchen in Verbindung bringen konnte. Nicht viel, eigentlich gar nichts. Er war naturgemäß immer vorsichtig gewesen, nirgendwo tauchte ihr Name auf. Ihren Kalender musste er aber unbedingt mitnehmen.

Der Plan war gut, die Ausführung problemlos. Eiskalt. Reue? Keine. Jedenfalls nicht am Morgen danach. Immer noch eine tiefe Befriedigung. Die hatte es nicht anders verdient. Schade, dass er nicht hatte sagen können, wie sehr er sie verachtete. Die Zeitungen berichteten vom Tod einer jungen Frau. Ein Callgirl? Fabelhafte Einrichtung. Teure Kleidung. Gerade mal 20 Jahre alt.

„Sag mal, Werner, hast du schon die heutige Zeitung gesehen? Könnte das nicht Cecilia sein? Die kennst du doch auch, oder?" Kurt.

„Cecilia wer?", fragte Huppertz. Sein Herz vollführte Sprünge, er hoffte, dass Kurt nichts Genaues wusste.

„Ich meine, sie hätte mir mal von dir erzählt."

Ein Schlag in den Magen. Was nun?

„Nein, Kurt, ich kenne keine Cecilia. Gelesen habe ich davon. Soll ja ein Callgirl gewesen sein. Ich bin Familienvater." Kurts Antwort war schallendes Gelächter, Huppertz kicherte mit.

Dann saß er da und überlegte. Irgendwer bei der Konkurrenz hatte mit dem Blümchen namens Cecilia verhandelt. Der las die Zeitung auch. Wenn der nun Kurt kannte und mit ihm über das Callgirl sprach? Das war doch ein Männerthema. So groß war die Konkurrenzfirma nicht, dass das nicht wahrscheinlich war. Hoffentlich erwähnte Kurt seinen Namen nicht.

Sein Plan war perfekt gewesen, die Ausführung war perfekt gelungen. Keine Spuren. Oder?

Huppertz Sekretärin führte zwei Herren in sein Büro.

„Werner Huppertz, wir nehmen Sie fest unter dem Verdacht, Cecilia Bäumer ermordet zu haben."

Kurt war kein besonders heller Kopf, aber eins

und eins zusammenzuzählen, das hatte in diesem Fall genügt. Huppertz ging ohne Gegenwehr mit.

Im Kleingartenparadies

Meier-Brandt, seit kurzem Kriminalhauptkommissar, stand am schiefen Törchen der Parzelle 15 im Kleingartenparadies. Von Paradies konnte hier keine Rede sein: In der Laube lag eine Leiche. Um sie herum der ganze Aufwand des Ermittlungsteams. Meier-Brandt sah sie durch die offene Tür herumwuseln. In der Laube war es zwar schattig, aber entschieden stickiger als hier draußen. Da nahm er in Kauf, dass die Julisonne auf seine schütteren Haare knallte. Nach einer kurzen Tatortbesichtigung war er hierher geflüchtet.

Um 10.30 Uhr hatte der Notarzt die Polizei verständigt. Er hatte Eric Bauer, dem Pächter dieses Gartens nicht mehr helfen können. Der Nachbar, der den Notarzt gerufen hatte, Friedrich Wüllberg, saß vor der Laube auf einer Bank, neben ihm Polizeiobermeister Jellen, der seine Aussage aufgenommen hatte. Der hatte auch die Namen der Leute, die die Notarztsirene aus ihren Gärten gelockt hatte, notiert, samt Parzellennummer und häuslicher Adresse.

Meier-Brandt wartete auf den Leichenwagen, er wunderte sich, wie wenig Bäume es hier draußen gab, schade. Sobald alle verschwunden sind, würde er noch einmal in aller Ruhe den Tatort auf sich wirken lassen. Diesen Fall musste er klären, schnell. Er hatte ständig das beklemmende Gefühl, etwas beweisen zu müssen.

Meier-Brandt hatte alles, was Dienst hatte, um 14.00 Uhr im Konferenzraum versammelt. Es ging um die Aufgabenverteilung:

„Um die Mutter kümmere ich mich, die Adresse liegt vor – Unterstraße 50. Wir müssen wissen, wo Eric Bauer beschäftigt war. Lutz, sie gehen noch mal zu Frau Ammermann von der Geschäftsstelle des Kleingartenparadieses, gleich vorn am Eingang. Sie wird inzwischen notiert haben, wer heute Morgen die Anlage betreten hat. Bringen sie auch die Liste aller Pächter mit. Und fragen sie nach, ob es vielleicht eine Videoüberwachung gibt."

Lutz war Oberkommissar, einer der Adretten beim KK 11.

„Und bitten sie Herrn Wüllberg, morgen früh hierher zu kommen."

Meier-Brandt blickte in die Runde: „Wer hat Lust, Zeit im Kleingartenparadies zu verbringen? Jellen hat eine Liste der Neugierigen hergebracht. Zwei von euch sind da schon erforderlich."

Das Wetter war gut und die beiden Anwärter machten sich gern auf den Weg.

„Sind die Fotos inzwischen hier? Nein, dann werten wir sie morgen aus."

Meier-Brandt hatte die Aufgaben verteilt, die schwerste war für ihn: der Besuch der Mutter von Eric Bauer.

Mittwochmorgen 9.00 Uhr. Konferenzraum, die Zweite.

„Was haben wir? Ich war gestern am späten Nachmittag mit Frau Adele Bauer auf der Parzelle. Gestohlen wurde nach ihren Angaben nichts.

Es gab auch nie etwas Wertvolles, das sich zu stehlen lohnte. Über die offenstehende Schublade am Schrank wunderte sie sich. Vielleicht eine Reparatur, die ihr Sohn sich vorgenommen hatte, das Ding hatte immer geklemmt. Daher vielleicht auch die Sägespäne am Boden. Ihre Nachbarn sind das Ehepaar Eberhard und Hildegard Schwarz und auf der anderen Seite Helmut und Ursel Berger, wohnen hier am Ort. Irmgard, Sie suchen bitte die Adressen heraus."

Kollegin Irmgard war hochgeschreckt, eifrig nickte sie Meier-Brandt zu, der fortfuhr: „Ihr Sohn war nicht verheiratet, eiserner Junggeselle, hatte zurzeit keine Freundin, arbeitete bei der Telekom, Querstraße 100, als Fernmeldetechniker im Schichtdienst. Daher konnte er oft im Garten helfen, den sie beide gemeinsam gepachtet haben. Mit den Nachbarn kamen sie gut aus, Frau Schwarz war oft zu Besuch, ihr Mann nicht so oft, obwohl seine Schreinerei nicht gut ging. Die Nachbarn auf der anderen Seite waren ganz neu in der Anlage.“

Lutz hatte die Liste der Pächter und eine Kassette der Video-Kamera. Die Kamera wurde erst bei Dienstbeginn eingeschaltet. Vorher sicherte das eiserne Tor die Anlage. Frau Ammermann hatte zusätzlich angegeben, dass der Wagen von Frau Schwarz schon vor acht Uhr auf dem Parkplatz gestanden hatte.

Die Video-Kassette ergab, dass neben einigen jungen Frauen nur drei Männer, nämlich Bauer – 8.10 Uhr, Wüllberg – 9.30 Uhr und Schwarz – 9.45 Uhr am Vormittag auf die Anlage gekommen waren.

Von den Nachbarn hatte niemand etwas gesehen, außer dass Herr Schwarz sich mit der Hecke, die seine Parzelle von der Parzelle Bauer trennt, beschäftigt hatte, so das Ehepaar Müller. Genaues hatten sie nicht gesehen.

Weitere Befragungen ergaben: Herr Schwarz gab an, nicht auf der Anlage gewesen zu sein, legte eifrig seine Arbeitszettel vor, die belegten, wo er am Vormittag gewesen war.

„Herr Schwarz, uns liegen die Video-Aufnahmen von gestern Morgen vor. Darauf sind sie eindeutig zu erkennen – 9.45 Uhr genau."

Schwarz gab daraufhin zu: „Ich hatte eine kleine Reparatur zu machen und bin auf dem Weg von einer Besprechung zur nächsten Baustelle kurz in der Anlage gewesen. Eric, also Herrn Bauer, habe ich nicht getroffen."

Nur kurz stimmt, laut Kamera war das bis 10.10 Uhr.

Herr Wüllberg war nach seinen Angaben bis 10.10 Uhr bei Frau Ammermann gewesen. Er erwähnte, dass Frau Schwarz häufig auf der Nachbarparzelle gewesen war. Er selbst sei mit Frau Bauer befreundet, Eric war wie ein Sohn für ihn. Bei Festen auf der Anlage feierten die Familien Bauer und Schwarz und er selbst oft zusammen.

Frau Bauer sagte, dass Frau Schwarz und ihr Sohn sich des Öfteren trafen, auch wenn sie selbst nicht da war. Auf die Frage, ob ihr Sohn und Frau Schwarz eine Beziehung hatten:

„Eine Beziehung würde ich das nicht nennen, wir waren Nachbarn. Da hat wohl Herr Wüllberg mal wieder gequatscht."

Auf die Frage, wie Wüllberg zu ihrem Sohn stand: „Sie standen leider nicht gut miteinander, keine Ahnung, wieso das so war."

Frau Schwarz gab an, dass sie sich oft mit Eric Bauer unterhalten hat. Und nach einigem Zögern gab sie zu, dass sie sich möglicherweise von ihrem Mann hätte scheiden lassen, um Bauer zu heiraten. Ihr Wagen stand noch vom vorigen Abend auf dem Parkplatz

„Ich hatte bei Frau Bauer ein paar Gläschen Likör getrunken, da bin ich vorsichtshalber mit dem Bus nach Hause gefahren." Sie war nicht auf der Videoaufzeichnung zu sehen. Herr Schwarz hat nicht gewusst, dass seine Frau sich scheiden lassen wollte. Er war nicht auf der Parzelle Bauer. Er lieferte seine Hobel aus; möglicherweise stammte die Kopfwunde von einem Schlag mit einem Hobel.

„Wer kommt als Täter in Betracht? In erster Linie Nachbarn im Kleingartenparadies. Nach Aussage des Chefs von Bauer kam er mit allen Kollegen gut aus. Kollege Wintrich: ‚Der schöne Eric? Am beliebtesten war er natürlich bei den Kolleginnen, war aber trotzdem ein prima Kumpel. Wir haben viel miteinander unternommen. Feinde? Nein, Feinde hatte der mit Sicherheit nicht. Vielleicht hat er einen Einbrecher überrascht‘.

Die Nachbarn im Zweifamilienhaus, in dem er wohnte, sind 80 und 85 Jahre alt, ein Ehepaar. Wissen nur Gutes über ihren Mieter zu berichten: „Immer freundlich, immer hilfsbereit. Der arme Mann, die arme Mutter.“

Auch mit allen Nachbarn in der Anlage kam Bauer gut aus.

Die Aussage Wüllberg über sein Verhältnis zu Bauer stimmt nicht. Könnte er ein Motiv haben?“

Meier-Brandt musste erst mal Luft holen. „Der Nachbar Schwarz hätte ein Motiv: Ist wegen seiner schlechten Geschäftslage auf das Geld seiner Frau angewiesen, die hat geerbt, er hat Schulden. Weiß angeblich nichts über ein Verhältnis seiner Frau. Stimmt das? Er hat die beiden doch beobachten können. Seine Hobel wiesen allerdings keine Blutspuren auf. Was meint ihr?"

Die Meinung war ziemlich einhellig: Schwarz, der gehörnte Ehemann. Er hatte ein Motiv, war zur Tatzeit am Ort. Hatte extrem unsicher gewirkt bei der Befragung. Aber morgen ist auch noch ein Tag. Der läuft nicht weg. Und einen Haftbefehl kriegen wir heute auch nicht mehr.

Meier-Brandt zog sich an seinen Schreibtisch zurück und legte die Füße hoch. Das entspannte ihn. Ebenso wie der Schluck aus der kleinen Flasche. Immer dieser Druck auf der Brust.

Mit Schwarz hatte er Mitleid, selbst wenn er der Täter sein sollte, was wahrscheinlich war. Auch seine Frau hatte ein Verhältnis mit einem Kollegen begonnen, die beiden waren in eine andere Stadt gezogen, sein Sohn ging mit.

Dieser Wüllberg war ein unangenehmer Typ, ein Schwätzer. Er war derjenige, der auf ein eventuelles Verhältnis zwischen Bauer und der niedlichen Frau Schwarz hingewiesen hatte. Na ja, das reichte nicht als Verdachtsmoment. Hatte er ein Verhältnis mit der Mutter Bauer, das der Sohn ablehnte? Aber als Motiv für einen Mord? In dieser Altersklasse?

Also: Schwarz. Hatte die Zeit überhaupt gereicht? Was war eigentlich mit Frau Schwarz? Sie war am Morgen nicht auf die Anlage gekommen – aber ihr Auto war auf dem Parkplatz. Stand das wirklich seit gestern da? Vielleicht gab es einen Schleichweg auf die Anlage. Klären!

Meier-Brandt stand auf und machte eine Runde durch sein Büro.

Bauer war bereits um 8.10 Uhr gekommen. Was hatte er in der Zeit bis zu seinem Tod gemacht?

Frau Schwarz brauchte gar keinen Schleichweg!

Sie war gestern Abend in ihrer Laube geblieben. War früh mit Bauer verabredet gewesen. Der hatte sie gar nicht heiraten wollen. Streit. Ein Hobel lag auf dem Tisch. Wegen der Reparatur von Schwarz geliehen.

Herr Schwarz hatte seine Frau in der Nacht vermisst. Vermutet etwas, fährt zur Anlage. Findet sie mit dem blutigen Hobel in der Hand. Versteckt den Hobel in der Hecke. Sie verlässt die Anlage ungesehen; sie kennt den toten Winkel der Kamera von ihren heimlichen Stelldicheins mit Bauer.

Meier-Brandt sprang auf, sein Bürostuhl knallte gegen die Wand. Er atmete tief durch, der Druck war weg.

Ich bin unschuldig!

Hildegard Schwarz wird von einem höflichen jungen Beamten in den Verhörraum begleitet. Als vernehmender Beamter wird ihr Kriminalhauptkommissar Meier-Brandt angekündigt. Sie nimmt auf einem unbequemen Stuhl Platz und sieht sich um.

Wie rede ich den denn an? Herr Meier-Brandt oder muss man die Berufsbezeichnung dazu nennen? Mich redete niemand mit Frau Lehrerin Schwarz an, als ich noch berufstätig war. Trist ist das hier, grau in grau. Fenster? Da oben, bloße Luken. Will man die armen Sünder schon an das Gefängnis gewöhnen? Gefängnis. Quatsch. Ich bin unschuldig. Ich habe mir nichts vorzuwerfen.

Gut, dass ich das blaue Kostüm angezogen habe, darin fühle ich mich sicher. Sieht seriös aus. Als ob ich das nötig hätte: Ich bin seriös. Bis auf die Frisur, ständig hängt mir diese Strähne ins Gesicht. Eric hatte sie mir gern aus dem Gesicht gestrichen und gesagt: Sie verdeckt deine schönen blauen Augen. Wann kommt der Typ denn endlich? Will er mich mürbe machen? Was steht denn da auf dem Tisch? Ein Mikrofon, denke ich mal und, hm, das hat Ähnlichkeit mit einer Kamera. Stimmt, es gibt keine undurchsichtige Scheibe, hinter der die ganze Mannschaft Anteil am Verhör nehmen könnte. Das wird jetzt auf ein Fernsehgerät übertragen. Ob das in Farbe ist? Hier drin sehen meine blonden Haare bestimmt eher grau aus.

„Guten Tag, Frau Schwarz. Ich bin Kriminalhauptkommissar Meier-Brandt. Sie haben zwar schon einmal eine Aussage bei Oberkommissar Lutz gemacht, aber wir müssen uns noch einmal unterhalten."

Der plumpst ja richtig auf seinen Sessel, auch nicht mehr der Jüngste, schon schüttere Haare, aschblond.

„Guten Tag."

Jetzt blättert der erstmal in seinen Papieren herum. Ziemlich viele. Will er mich beeindrucken?

„Ich muss Sie nochmal sprechen, weil einiges unklar geblieben ist."

Aha, sprechen, nicht vernehmen, er will erstmal gute Stimmung machen.

„Sie haben ausgesagt, dass Sie am Abend des 9. Juli ihr Auto auf dem Parkplatz am Gartengelände stehen gelassen haben und mit dem Bus nach Hause gefahren sind. Stimmt das so?"

„Ja."

Ja, es stand auf dem Parkplatz, das ist wohl jemandem aufgefallen.

„Wo waren Sie am Morgen des 10. Juli, sagen wir von acht Uhr bis zehn Uhr?"

„Zu Hause."

„Sie haben um 9.10 Uhr Ihren Mann angerufen, worum ging es denn da?"

„Ich wollte wohl wissen, wo er gerade war."

„Und wo war er?"

"Unterwegs."

„Und wo waren Sie?"

„Zu Hause."

„Nein, Frau Schwarz, das waren Sie nicht. Sie waren in der Gartenanlage."

Mist, jetzt kommt er gleich mit der Wabe. Die verdammte moderne Technik. Aber ich bin unschuldig. Ich muss mich gerade hinsetzen, vielleicht die Hände auf den Tisch. In aller Ruhe. Langsam atmen. Guten Eindruck machen.

„Frau Schwarz, äußern Sie sich dazu."

Was soll ich sagen? Gut, ich war da, aber beweisen kann er mir das nicht. Auf der Video-Überwachung bin ich nicht zu sehen. Jetzt verzieht er seinen Mund, freut sich, dass er mich vorführen kann.

„Frau Schwarz, Sie wissen doch, dass wir nachweisen können, wo sich Ihr Handy am Morgen befunden hat, bitte äußern Sie sich zu meinem Vorhalt."

Muss man sich äußern, kann man nicht einfach schweigen? Können die mich zwingen?

„Ja, und?"

„Frau Schwarz, es besteht der Verdacht, dass Sie

am Morgen des 10. Juli Herrn Eric Bauer mit einem Hobel erschlagen haben."

Wie sich das anhört – erschlagen. Der hatte einen Dämpfer verdient. Wie der sich benommen hat.

„Frau Schwarz, ich fasse zusammen: Entgegen Ihren Äußerungen sind Sie nicht am Abend des 9. Juli mit dem Bus nach Hause gefahren. Sie sind auf dem Gelände, in Ihrer Laube, geblieben. Sie waren nicht am Morgen des 10. Juli in Ihrer Wohnung. Sie waren auf dem Gelände und haben Ihren Mann zu Hilfe gerufen. Was sagen Sie hierzu?"

„Nichts."

Nichts davon kann er beweisen.

„Das ist Ihr gutes Recht."

Ja und, wie geht denn das jetzt weiter? Der holt tief Luft – jetzt kommt's.

„Wir haben den Hobel gefunden. Es haftete das Blut des Herrn Bauer daran, es waren Fingerabrücke darauf von Ihnen, von Ihrem Mann, von Herrn Bauer. Ihr Mann hat zugegeben, dass er ab

9.45 Uhr auf dem Gelände war. Dazu gibt es auch Video-Aufzeichnungen. Zu dieser Zeit war Herr Bauer bereits tot. Ihr Mann kann also nicht der Täter sein. Außer Ihnen und Ihrem Mann war niemand in der Nähe der Laube Bauer."

Was soll ich dazu sagen, ich war ja wirklich da. Ich habe ihm eine Ohrfeige gegeben, und der hat zurückgeschlagen, der Prolet. Das konnte ich mir nicht gefallen lassen. Das und die fiesen Bemerkungen. Der hatte eine Strafe verdient. Aber wie der so da lag … Armer Kerl.

„Frau Schwarz, warum äußern Sie sich nicht?"

Ich muss meine Taktik ändern, der gewinnt sonst die Oberhand. Ob ich den mal harmlos und freundlich anlächeln soll? Wie reagieren Kommissare auf sowas? Eric hatte schnell reagiert, als ich angefangen hatte zu lächeln. War eine schöne Zeit gewesen, so leicht, so locker, so sommerlich. Aber dann, als es mir ernst geworden war – das Schwein: Einfach nein gesagt hatte er. Heiraten? Du bist wohl verrückt geworden. Jetzt kommen mir doch verdammt nochmal die Tränen.

„Frau Schwarz, erleichtern Sie Ihr Gewissen, ich sehe doch, dass Ihnen das alles sehr zu schaffen macht. Sie haben ihn sicher geliebt und dann die Enttäuschung, als er keine ernstere Beziehung wollte."

Seine Mutter hätte das gewollt. Die wollte doch, dass er endlich heiratet. Aber er: Auch wenn du eine gute Partie bist, ich verzichte. Meine Freiheit ist mir lieber. Ich sehe doch wie es deinem Mann geht. Fröhlich ist der mit dir nicht. Da musste ich ihm doch eine runterhauen, das war ich mir schuldig. Eins ergab das andere und dann ...

„Frau Schwarz, Sie waren am Tatort, Sie hatten ein Motiv."

Jetzt legt er eine bedeutungsvolle Pause ein.

„Ihr Mann, den Sie so hässlich betrogen haben, ist Ihnen zu Hilfe gekommen, hat für Sie das Tatwerkzeug versteckt. Mit dieser Hilfe hat er sich strafbar gemacht."

Ja, das war sehr anständig gewesen von Eberhard.

Aber was hat es genutzt? Jetzt sitze ich trotzdem hier. Und dieser Kommissar setzt eine mitfühlende Miene auf. Ich habe das alles nicht gewollt, es hatte sich so ergeben: der Anlass, die Gelegenheit, der Hobel. Strafe muss sein, hat Papa immer gesagt. Aber das war einmal. Das will ich nicht.

„Frau Schwarz, die Indizien sprechen für sich. Ich brauche Ihr Geständnis gar nicht. Aber glauben Sie mir, es wird Sie erleichtern. Wie hieß es doch früher in unserer Kindheit: Strafe muss sein und dann gab's einen Klaps, und alles war gut."

Er macht auf väterlich, dabei ist er gar nicht viel älter als ich, aber, aber – der Spruch. Papa hatte das gesagt. Und jetzt sagt der das auch. Hat der das wirklich gesagt? Oder habe ich das nur gedacht? Warum konnte nicht alles so bleiben wie früher? Ich war Papas niedliches Püppchen und konnte alles haben, was ich wollte. Wird denn wirklich alles gut? Eric ist tot. Eberhard weiß über alles Bescheid. Und der Klaps – was wird das sein? Was soll ich machen?

„Frau Schwarz?"

„Ja, ich war's. Es ist einfach so passiert."

Krimidinner

Blutrot schimmerte die kupferne Helmverkleidung am Turm des Schlosses in den Strahlen der untergehenden Sonne. Ingrid und Erika blieben bewundernd stehen, ehe sie die Brücke über den Wehrgraben der schönen alten Anlage überquerten. In der überdachten Toreinfahrt war es bereits unangenehm dunkel.

Ingrid und Erika waren auf dem Weg zum Krimidinner im Festsaal des Hauses. Was genau sie erwartete, wussten sie nicht, aber unterhaltend würde es sicher werden. Dazu gutes Essen: drei Gänge samt Weinbegleitung.

Der Butler – war es wirklich einer, oder gehörte er schon zum Krimi – rief ihre Namen aus, als sie den Saal betraten: Die Freifrauen von Klingenthal. Klang ganz gut, Ingrid hatte sie angemeldet, Ingrid Klingenthal. Erika hob ihre Hand zum huldvollen Gruß. Das fing ja wirklich gut an.

Sie wurden zum Tisch geführt, ein Ehepaar saß bereits dort, er mit weißhaarigem Schnauzer, sie dezent geschminkt. Man begrüßte sich freundlich, die Stimmung war erwartungsvoll, ein Sektglas schnell zur Hand. Ingrid und Erika prosteten sich zu, so hatten sie es erwartet. Sie hatten sich natürlich passend gekleidet: Erika ganz in schwarz, Hose und Bluse, mit einer irren Modeschmuckkette in Silber, Ingrid in einem gut sitzenden Kleid, sie konnte sich das noch leisten. Allerdings stellten beide fest, dass der Altersdurchschnitt deutlich unter ihrem eigenen Alter lag.

Die Schauspieltruppe war leicht zu erkennen. Lady Cumberland, „Besitzerin" des Schlosses, in dem man zu Gast war, Witwe und entsprechend gekleidet. Ein junger Mann, ihr Sohn? Eine schöne junge Frau, die Tochter? Der Butler, tatsächlich Teil der Truppe, eine Mamsell mit Häubchen. Wer ist das Opfer, wer der Mörder, fragte man sich am Tisch. Die Meinungen gingen natürlich auseinander. Erika sah sich um im Saal. Wer kommt zu einem Krimidinner? Ihre Tischgenossen feierten so ihren Hochzeitstag, den wievielten, gaben sie nicht preis. Ingrid und sie waren einfach nur so losgezogen, es war mal wieder eine Abwechslung fällig gewesen.

Lady Cumberland eröffnete den Abend, stellte ihre Familie vor und kündigte den Besuch eines Erbonkels an. Aha, ein Anwärter auf den Titel „Opfer". Die Familie stand zusammen, man erörterte die Chancen, im Testament bedacht zu werden. Nötig hatte jeder von ihnen einen warmen Regen. Von Spielschulden war die Rede, von der Notwendigkeit einer Mitgift für die schöne Tochter, von Renovierungskosten für das Familienschloss. Der Onkel trat ein, hoch in den Achtzigern. Tiefe Falten hatte man dem Schauspieler geschminkt.

„Aber wir möchten Sie nicht mit unseren Sorgen langweilen, genießen Sie die vorzügliche Vorspeise, die unsere Küche Ihnen jetzt servieren wird ..."

Die Saaltüren schwangen auf, eine Brigade von jungen Kellnern trug die Teller herein, junge

Damen reichten Wasser und Wein. Ingrid und Erika sahen sich anerkennend an. Das hatte Format. Aus den Lautsprechern leise Klänge.

Nach der Vorspeise kamen neue Mitspieler dazu, man musste schließlich für Verwirrung sorgen. Was auch gelang. Während das Hauptgericht verzehrt wurde, wurden verwegene Theorien geäußert und verworfen.

Bis zum Nachtisch agierte die Truppe weiter, gegenseitige Verdächtigungen wurden geäußert. Der Erbonkel glänzte durch Abwesenheit. Warum? Ingrid und Erika hatten die Übersicht verloren, alles zu weit weg von ihrem Platz. Jetzt fiel im Hintergrund des Festsaales ein Schuss, noch einer und noch einer. Die Aufregung entsprechend groß, man lief hin und her, man rief nach dem Notarzt.

Sirenengeheul, der Notarzt mit Truppe. Die angeschossene Person wurde hinausgetragen. Wer war's? Die Schlossherrin trat vors Publikum, weinend, und -kündigte die Nachspeise an. Wieder trat die Kellnerbrigade in Erscheinung. Die „Leiche" war schnell vergessen. Die Bedienung war schweigsam. Sie wollte natürlich die Pointe nicht verraten. Das Publikum war satt und zufrieden, den Täter würde die Truppe gleich präsentieren.

Vor dem Fenster zum Hof blinkte es blau. Die Saaltür öffnete sich:

„Niemand verlässt den Saal, bevor wir nicht die Personalien aufgenommen haben." Ein dicklicher Kommissar, aber in Zivil, winkte seine Kollegen herein. Jetzt kam also der spannende Schluss des Krimidinners. Junge Beamte gingen von Tisch zu Tisch, Ingrid fragte: „Haben Sie auch einen Ausweis, junger Mann?"

Er hatte. Echt? Auf einem kleinen Block notierte er die Personalien. Durfte er das?

Die vier Tischgenossen gaben sich gegenseitig ein Alibi, niemand war vom Tisch aufgestanden während der fraglichen Zeit, kurz vor der Nachspeise. Die lag ihnen jetzt schwer im Magen. Man konnte sich noch nicht entscheiden: Spiel oder Wirklichkeit. Niemand wollte bei der „Auflösung" blamiert dastehen als derjenige, der an die Echtheit geglaubt hatte. Man hatte mitbekommen, dass die Mitglieder der Schauspieltruppe hinausgeführt wurden. Wenn, ja wenn, das alles echt war, dann waren doch die die Verdächtigen, oder? Wer aus dem Publikum hätte denn ein Interesse daran, einen fremden Schauspieler zu erschießen. Es war doch ein Schauspieler, oder? Nüchtern betrachtet: Jeder hätte der Täter sein können. Es war doch vorher bekannt, wer an diesem Abend auftreten würde. Und auch, wer Gast war, man hatte sich anmelden müssen. Alte Feindschaften? Eifersucht? Geldangelegenheiten? Die ganze Palette. Man war schließlich Krimileser und Krimifilmschauer.

Die jungen Beamten verließen den Saal. Wurde nicht da hinten jemand gebeten mitzukommen? Die Show ging also weiter. Leider war die Sicht im Sitzen sehr schlecht; aber aufstehen um die

Neugier zu befriedigen? Nein, das gehört sich nicht. Doch – der Schnauzbart erhebt sich: „Ja, ja, sie haben jemand geschnappt, junger Mann, gut gekleidet, wehrt sich gar nicht." Wie schön, dass man vom schlechten Benehmen anderer profitieren kann. Warum hätte der sich auch wehren sollen?

Aber wie geht denn das jetzt weiter, diese Frage stand allen auf der Stirn geschrieben. Wir haben Zeit, dachten und sagten Erika und Ingrid. Es wurde noch Kaffee serviert. Das beruhigte die Gemüter erst einmal. Sicher würde gleich der Geschäftsführer des Hauses oder der Kommissar – oder vielleicht doch die Lady Cumberland …? Ja, was denn wohl?

Der Kommissar: „Wir bitten, die Unannehmlichkeiten zu entschuldigen, aber wir haben einen Mord aufzuklären."

Einen Mord beim Krimidinner – wie originell – dachte Ingrid, die zu solchen Glossen neigte. Wie bedrückend, einen Mord hautnah zu erleben, dachten dann wohl beide, als sie sich auf den Weg zum Parkplatz machten. Schweigend. Weitere Aufklärungen gab es nicht, man müsste morgen früh in die Zeitung schauen.

- Bei einem Krimidinner im Festsaal unseres Schlosses passierte tatsächlich ein Mord. Der Täter, ein junger Mann, Gast beim Dinner, konnte festgenommen werden. Er nutzte die Gelegenheit, als bei der Schauspielertruppe Schüsse fielen, um seine alternde Geliebte zu erschießen. – So die örtliche Zeitung.

Bisher erschienen

Mord am Kirchberg, Kriminalroman,
E-Book exklusiv bei Amazon, 2,99 Euro

Unter Verdacht: Mord am Kirchberg,
Kriminalroman, ISBN 9-783-7448-3658-6,
Taschenbuch 10,00 Euro,
E-Book exklusiv bei Amazon 2,99 Euro

Heimliches Gift: Mord am Kirchberg,
Kriminalroman, ISBN 9-783-7460-1298-8,
Taschenbuch 10,00 Euro,
E-Book exklusiv bei Amazon 2,99 Euro